Le Village des Ombre

Le village des ombres

Tidiane Cisse

Published by Tidiane Cisse, 2024.

This is a work of fiction. Similarities to real people, places, or events are entirely coincidental.

LE VILLAGE DES OMBRES

First edition. August 24, 2024.

Copyright © 2024 Tidiane Cisse.

ISBN: 979-8227841414

Written by Tidiane Cisse.

Le village des ombres

AOÛT 2024

TIDIANE CISSE

Titre : *Le Village des Ombres*

Résumé : Un jeune journaliste ambitieux, **Éric,** en quête de reconnaissance, découvre l'existence d'un village isolé, **Ravenne**, où le temps semble figé depuis des décennies. Poussé par la curiosité et la perspective d'une histoire sensationnelle, il décide de s'y rendre pour enquêter. À son arrivée, il est accueilli par des habitants qui semblent cacher de lourds secrets, mais ce qui l'inquiète le plus, ce sont les événements surnaturels qui se produisent la nuit.

Éric découvre bientôt que Ravenne est lié à un ancien rituel pratiqué par une société secrète, autrefois puissante, qui avait conclu un pacte avec des forces obscures pour préserver le village des ravages du temps. Cependant, ce pacte a un prix : le village est condamné à répéter un cycle de malheur tous les cinquante ans, et Éric est arrivé au moment où le cycle doit se répéter.

Avec l'aide d'une mystérieuse habitante, **Léa**, qui connaît l'histoire secrète du village, Éric tente de briser le cycle et de sauver les habitants de leur destin. Mais à mesure qu'il découvre la vérité, il réalise que certains secrets sont mieux laissés enfouis, et que les forces qu'il a réveillées pourraient le consumer lui aussi.

À propos de l'auteur :

Cissé Tidjane est un écrivain passionné avec une formation académique solide, ayant obtenu une licence dans son domaine d'études. Son parcours académique lui a permis de développer une profondeur d'analyse et une sensibilité littéraire qu'il insuffle dans ses écrits. Tidjane est motivé par le désir de raconter des histoires captivantes qui résonnent avec ses lecteurs, explorant des thèmes complexes tels que les secrets du passé, les révélations et les sacrifices nécessaires pour découvrir la vérité.

Son travail se caractérise par une attention particulière aux détails, une narration riche, et une capacité à capturer les émotions humaines dans toute leur complexité. Cissé Tidjane aspire à toucher un large public avec ses récits, tout en explorant les mystères et les luttes intérieures des personnages qu'il crée.

Introduction :

Une brume épaisse enveloppait le village de Ravenne, le rendant presque invisible aux yeux des rares voyageurs qui osaient s'aventurer dans cette région reculée. Les vieilles pierres des maisons semblaient suinter une histoire oubliée, comme si elles portaient le poids des siècles et des secrets enfouis. Au centre du village, une place déserte, autrefois lieu de vie et de commerce, n'était plus qu'une ombre d'elle-même, figée dans un passé révolu.

Les habitants, ceux qui restaient encore, évitaient de parler des événements qui avaient marqué leur enfance, et encore moins de ceux qui s'apprêtaient à se répéter. Une ancienne prophétie murmurée entre les murs sombres affirmait que lorsque le brouillard envelopperait le village pendant sept jours sans interruption, l'heure du Jugement serait proche.

C'était la sixième nuit. Et quelque part, dans l'obscurité, des ombres commençaient à s'éveiller, prêtes à réclamer leur dû.

PARTIE 1 : LES OMBRES DU PASSÉ

Chapitre 1 : L'Appel de l'Inconnu
Lundi matin, 8h45, Paris.

Éric Gautier, un jeune journaliste de 28 ans, sirotait son troisième café de la matinée, les yeux rivés sur son écran d'ordinateur. Les mots semblaient se brouiller sous ses yeux fatigués, victimes de nuits blanches passées à écrire des articles pour un journal local. Son rêve d'intégrer une grande rédaction nationale semblait s'éloigner chaque jour un peu plus, et la routine commençait à peser lourdement sur ses épaules.

Malgré sa passion pour le journalisme, Éric sentait que sa carrière stagnait. Il avait besoin d'un sujet fort, quelque chose qui ferait parler de lui, un article qui le propulserait enfin sur le devant de la scène. Ses doigts tambourinaient nerveusement sur la table tandis qu'il parcourait des sites web à la recherche d'inspiration.

C'est alors qu'un courriel, relégué au fin fond de sa boîte de réception, attira son attention. Le sujet, étrange et mystérieux, indiquait simplement : **"Ravenne : le village qui a échappé au temps"**. Intrigué, Éric cliqua dessus et commença à lire. Le message provenait d'un certain **Étienne Delacroix**, un nom qui ne lui disait rien. Étienne prétendait être un ancien habitant de Ravenne, un village situé dans une région reculée de France, oublié du monde moderne. D'après lui, Ravenne était figé dans le temps, ses habitants vieillissant à peine, comme si le village était prisonnier d'un sortilège. Le courriel se terminait par une phrase énigmatique : **"Le prochain cycle approche. Viens si tu veux découvrir la vérité."**

Éric leva les yeux de l'écran, son esprit bouillonnant d'excitation. Était-ce le sujet qu'il cherchait depuis si longtemps ? Un village figé dans le temps, un mystère non résolu... cela avait tout le potentiel d'une grande histoire. Mais était-ce réel, ou simplement une farce orchestrée par un excentrique en quête d'attention ?

Pour en avoir le cœur net, Éric décida de mener quelques recherches. Il tapa le nom "Ravenne" dans le moteur de recherche, mais les résultats étaient maigres. Il y avait bien quelques mentions historiques, une ou deux photos en noir et blanc montrant un village de campagne typique, mais rien de récent. Le village semblait effectivement être tombé dans l'oubli.

Malgré l'absence d'informations concrètes, l'instinct de journaliste de Éric le poussait à creuser plus profondément. Après tout, les grandes histoires naissent souvent des mystères les plus obscurs. Il imprima le courriel, rassembla quelques affaires dans un sac, et se prépara à quitter son petit appartement parisien. Il avait besoin de réponses, et les seules qu'il trouverait seraient à Ravenne.

Mercredi, 7h00, Gare de Lyon. Éric grimpa dans le train à destination de la région montagneuse où se trouvait Ravenne. Le voyage promettait d'être long, mais son esprit était déjà ailleurs, anticipant les révélations à venir. Alors que le train quittait la gare, il jetait un dernier regard sur la capitale endormie, prêt à plonger dans l'inconnu.

Pendant le trajet, Éric relut le courriel à plusieurs reprises, essayant de déchiffrer les mots d'Étienne Delacroix. Qui était-il réellement ? Pourquoi avait-il contacté Éric, lui, un simple journaliste local, et pourquoi maintenant ? Les questions se multipliaient dans son esprit, mais les réponses restaient insaisissables.

Mercredi après-midi, 14h30, Gare de Montfleury. Éric descendit du train dans une petite gare presque déserte. Le soleil était haut dans le ciel, mais une fraîcheur inhabituelle régnait dans l'air, comme un présage. Un vieux bus l'attendait à la sortie, son dernier lien avec la civilisation avant d'entrer dans l'inconnu. Le chauffeur, un homme silencieux aux traits marqués par l'âge, acquiesça simplement lorsque Éric mentionna Ravenne. Il semblait savoir où il allait, mais ses yeux, pleins de sous-entendus, laissaient planer une ombre de doute.

Le bus serpenta à travers des routes de montagne sinueuses, les paysages devenant de plus en plus sauvages à mesure qu'ils s'éloignaient de la ville. Des forêts denses et des collines couvertes de brume entouraient le véhicule, créant une atmosphère presque irréelle. Éric ne pouvait s'empêcher de ressentir un certain malaise, mais il repoussa cette sensation au fond de son esprit. Il était ici pour une raison, et il ne repartirait pas sans avoir découvert la vérité.

Mercredi, 18h00, Ravenne. Le bus s'arrêta enfin devant une pancarte en bois vieilli : "Bienvenue à Ravenne". Éric descendit, le souffle court. Le village s'étendait devant lui, ses maisons de pierre enveloppées dans un silence étrange. Il y avait quelque chose d'inhabituel, d'inexplicable dans l'air. C'était comme si le temps s'était arrêté, comme si le monde extérieur n'existait plus. Les rues étaient désertes, les fenêtres fermées, et pas un seul bruit ne venait troubler l'étrange quiétude du lieu.

Éric prit une profonde inspiration et fit les premiers pas dans le village. Il ne savait pas ce qui l'attendait, mais une chose était certaine : Ravenne n'était pas un village comme les autres.

LE VILLAGE DES OMBRES

Le mystère était là, palpable, et il n'avait jamais été aussi proche de la vérité.

Chapitre 2 : Les Silences de Ravenne

Mercredi, 18h30, Ravenne.

Éric avançait lentement dans les rues de Ravenne, ses pas résonnant étrangement sur les pavés inégaux. Le village semblait figé dans le temps, comme s'il n'avait pas changé depuis plusieurs décennies. Les maisons, construites en pierre grise, étaient toutes similaires, avec des toits en ardoise sombre et des volets en bois qui claquaient légèrement sous l'effet du vent. Tout paraissait immobile, comme si le temps lui-même avait choisi d'ignorer cet endroit.

Alors qu'il s'approchait de la place centrale, il remarqua enfin une présence humaine. Une vieille femme, courbée par les années, se tenait près d'une fontaine sèche, ses yeux fixés sur l'horizon. Elle ne semblait pas remarquer Éric, perdue dans ses pensées. Il s'arrêta à quelques mètres d'elle, incertain de comment l'aborder.

« Bonjour, madame. Je suis nouveau ici... Je m'appelle Éric Gautier. » dit-il, essayant de paraître détendu.

La vieille femme tourna lentement la tête vers lui, ses yeux pâles le fixant avec une intensité inattendue. Elle ne répondit pas immédiatement, se contentant de l'observer en silence. Finalement, elle hocha légèrement la tête, mais sans sourire.

« Vous êtes venu pour voir Étienne, n'est-ce pas ? » Sa voix était faible, comme si elle n'avait pas parlé depuis longtemps.

Éric fut surpris qu'elle connaisse le nom de son contact. « Oui, c'est exact. Savez-vous où je peux le trouver ? »

LE VILLAGE DES OMBRES

La femme pointa un doigt tremblant vers une rue étroite qui s'enfonçait dans l'obscurité. « Suivez cette rue. La maison avec les volets rouges. Mais prenez garde, étranger... Certains secrets ne devraient jamais être déterrés. »

Éric frissonna malgré lui. Il remercia la femme d'un signe de tête et s'engagea dans la rue indiquée. La lumière du jour déclinait rapidement, et les ombres s'allongeaient autour de lui, créant une atmosphère oppressante. Les maisons semblaient le surveiller, leurs fenêtres obscures ressemblant à des yeux perçants.

Après quelques minutes, il arriva devant une maison légèrement différente des autres. Les volets rouges délavés tranchant avec les murs gris. La maison paraissait inhabitée, comme si elle avait été abandonnée depuis des années, mais une lampe à l'intérieur projetait une faible lumière, indiquant que quelqu'un se trouvait là.

Éric inspira profondément avant de frapper à la porte. Le son résonna lourdement dans le silence. Pendant plusieurs secondes, il n'y eut aucune réponse. Puis, lentement, la porte s'ouvrit avec un grincement sinistre. Un homme apparut dans l'encadrement, mince, vêtu d'une chemise usée. Ses cheveux gris épars encadraient un visage marqué par le temps. C'était Étienne Delacroix.

« Vous êtes venu, » dit Étienne d'une voix rauque, presque comme un constat plus qu'une salutation.

« Oui, » répondit Éric. « Vous m'avez contacté. Je suis ici pour découvrir ce qui se passe à Ravenne. »

Étienne le fixa longuement avant de s'écarter pour le laisser entrer. « Si vous êtes prêt à affronter la vérité, suivez-moi. »

Mercredi, 19h00, Maison d'Étienne.

L'intérieur de la maison était encore plus délabré que l'extérieur. Des meubles recouverts de poussière, des rideaux déchirés laissant passer des rayons de lumière obliques, et une odeur de renfermé imprégnaient l'air. Étienne mena Éric dans un petit salon où une cheminée éteinte occupait une grande partie de la pièce.

« Asseyez-vous, » dit-il en désignant une chaise branlante près de la table. « Vous voulez connaître le secret de ce village, n'est-ce pas ? »

Éric s'assit, son regard suivant chaque mouvement d'Étienne. « Oui, c'est pour ça que je suis ici. Votre message m'a intrigué. »

Étienne hocha lentement la tête. « Ravenne n'est pas un village comme les autres. Il y a cinquante ans, un pacte a été conclu, un pacte qui a arrêté le temps ici. Mais ce pacte a un prix, un prix que nous devons tous payer. » Éric fronça les sourcils. « Quel genre de pacte ?

Avec qui ? » Étienne se pencha en avant, son visage se durcissant. « Avec ceux qui vivent dans les ombres.

Le village a échappé au temps, mais en échange, tous les cinquante ans, un cycle se répète, un cycle de malheurs et de sacrifices. Et maintenant, le moment est venu de payer la dette. »

Éric sentit un frisson parcourir son échine. Était-il possible que ce vieil homme ait raison ? Était-il vraiment en train de s'embarquer dans une histoire qui dépassait tout ce qu'il n'avait jamais imaginé ?

« Vous devez partir, » reprit Étienne. « Il n'est pas trop tard. Quittez Ravenne avant qu'il ne soit trop tard pour vous aussi. »

Éric secoua la tête. « Non. Je suis venu jusqu'ici pour comprendre ce qui se passe, et je ne partirai pas tant que je n'aurai pas découvert la vérité. »

Étienne soupira lourdement, résigné. « Alors que ce soit sur votre propre tête. Vous découvrirez bientôt que certains secrets sont mieux laissés dans l'oubli. »

Mercredi, 20h30, Auberge de Ravenne.

Après avoir quitté la maison d'Étienne, Éric se dirigea vers l'auberge du village, la seule qu'il avait vue en entrant. L'auberge était aussi ancienne que le reste du village, avec une enseigne en bois presque illisible. À l'intérieur, il trouva une salle sombre, éclairée par des chandelles vacillantes. Un vieil homme se tenait derrière le comptoir, nettoyant des verres avec un chiffon usé.

« Vous cherchez une chambre ? » demanda-t-il d'une voix grave.

« Oui, pour la nuit, » répondit Éric en s'approchant du comptoir.

L'aubergiste hocha la tête et sortit une clé d'un tiroir. « Chambre 3, à l'étage. Vous êtes le premier étranger à passer ici depuis longtemps. Prenez garde aux ombres... elles sont plus vieilles que vous ne pouvez l'imaginer. »

Éric saisit la clé, remerciant l'homme d'un signe de tête, et monta à l'étage. La chambre était petite, avec un lit simple et une fenêtre donnant sur la rue déserte. Il posa son sac sur le sol et s'assit sur le lit, repensant à tout ce qu'il avait appris depuis son arrivée.

Le village de Ravenne était entouré de mystères, et il n'avait fait qu'effleurer la surface. Mais une chose était claire : il ne partirait pas tant qu'il n'aurait pas percé à jour tous les secrets enfouis dans ces vieilles pierres. Et pour cela, il allait devoir s'aventurer plus loin dans les ombres.

Chapitre 3 : Les Visages Cachés de Ravenne
Jeudi matin, 7h00, Ravenne.

Le premier rayon de soleil perça à travers les rideaux usés de la petite chambre de l'auberge, réveillant Éric d'un sommeil agité. Les rêves qu'il avait faits

étaient remplis de silhouettes indistinctes et de murmures incompréhensibles, comme si le village lui-même avait essayé de communiquer avec lui pendant la nuit. Il se redressa lentement, se massant les tempes pour chasser les dernières bribes de cauchemar. La journée s'annonçait longue, et il avait beaucoup de questions à poser.

Après une brève toilette, il descendit dans la salle commune de l'auberge. L'aubergiste était déjà là, servant un petit-déjeuner modeste : du pain rassis, un morceau de fromage et une tasse de café tiède. Éric le remercia d'un signe de tête avant de s'asseoir à une table près de la fenêtre.

« Vous avez bien dormi ? » demanda l'aubergiste en s'approchant.

Éric haussa les épaules. « Autant qu'on peut s'y attendre dans un endroit comme celui-ci. Dites-moi, combien de personnes vivent encore ici à Ravenne ? »

L'aubergiste prit une longue inspiration avant de répondre. « Plus, étranger. Le village a perdu la plupart de ses habitants au fil des années. Ceux qui restent sont soit trop vieux pour partir, soit liés à ce lieu d'une manière que vous ne pouvez pas comprendre. »

Éric fronça les sourcils. « Et cette histoire de cycle dont m'a parlé Étienne ? »

Le vieil homme jeta un coup d'œil autour de lui, comme s'il craignait d'être entendu, même s'ils étaient seuls. « Ce n'est pas mon rôle de vous en parler. Mais faites attention à ce que vous cherchez ici. Parfois, en fouillant trop profondément, on trouve des choses qu'on préférerait ne jamais avoir découvertes. »

Éric acquiesça, mais il était clair pour lui qu'il ne recevrait pas plus d'informations de la part de l'aubergiste. Il finit son petit-déjeuner en silence, puis se leva, décidé à explorer le village de son propre chef.

Jeudi matin, 9h30, Rue de l'Église.

Ravenne semblait toujours aussi désert que la veille. Éric se dirigea vers ce qui semblait être le centre du village : une petite église en pierre, dont le clocher effondré témoignait de son âge avancé. En approchant, il remarqua une femme d'une quarantaine d'années, vêtue de noir, qui déposait des fleurs fanées sur le seuil de l'église. Elle paraissait concentrée sur son geste, ignorant la présence de Éric.

« Bonjour, » dit-il doucement pour ne pas l'effrayer.

La femme leva les yeux vers lui, son visage exprimant une tristesse infinie. « Bonjour, » répondit-elle d'une voix douce, presque résignée.

Éric s'avança prudemment. « Je m'appelle Éric Gautier. Je suis journaliste. Je suis ici pour en savoir plus sur votre village. »

Elle soupira légèrement, comme si elle avait entendu ces mots mille fois auparavant. « Je suis **Marie**, la veuve du forgeron. Ce village a été mon foyer toute ma vie, mais parfois, je me demande si cela a été une bénédiction ou une malédiction. »

Éric s'accroupit pour être à sa hauteur. « Vous pouvez peut-être m'aider à comprendre ce qui se passe ici. Étienne m'a parlé d'un cycle... d'un pacte ? »

Marie frissonna, baissant les yeux vers les fleurs fanées. « Ce que vous appelez un pacte, nous l'appelons une malédiction. Il y a des années, les anciens ont voulu protéger ce village des ravages du monde extérieur. Ils ont fait appel à des forces... que personne ne devrait invoquer. Et maintenant, nous en payons le prix. »

« Et ce cycle, que se passe-t-il lorsqu'il recommence ? » insista Éric, sentant qu'il s'approchait d'une vérité importante.

Marie hésita, ses yeux se remplissant de larmes. « Chaque fois que le cycle se répète, quelqu'un doit être sacrifié. Quelqu'un doit mourir pour que le village continue d'exister en dehors du temps. Et ceux qui sont choisis... » Sa voix se brisa, laissant entendre que cette histoire lui était trop personnelle.

Éric sentit une vague de compassion pour cette femme, mais aussi une détermination renouvelée. « Qui choisit la victime ? Comment est-ce décidé ? »

Marie secoua la tête. « C'est un secret gardé par les anciens, ceux qui connaissent les rituels. Mais personne n'est à l'abri. Pas même vous, étranger. »

Avant que Éric ne puisse poser une autre question, Marie se leva brusquement, comme si la conversation l'avait épuisée. Elle lui jeta un dernier regard avant de s'éloigner rapidement, disparaissant dans une rue adjacente.

Éric resta accroupi pendant un moment, digérant ce qu'il venait d'entendre. L'idée qu'un sacrifice était nécessaire pour maintenir le village hors du temps était terrifiante, mais cela expliquait en partie l'atmosphère pesante de Ravenne. Il devait en savoir plus, et il savait où il pouvait trouver des réponses.

Jeudi après-midi, 14h00, Bibliothèque du village. La bibliothèque de Ravenne, bien que petite, semblait regorger de vieux livres et de documents oubliés. Elle était située à l'arrière d'une maison austère, sans aucun signe indiquant sa fonction. Éric y pénétra en poussant une porte grinçante, découvrant un intérieur sombre éclairé par de rares lampes à huile. Derrière un bureau, une vieille femme aux cheveux blancs, portant des lunettes épaisses, était en train de lire un livre poussiéreux.

« Bonjour, » lança-t-il en s'approchant du bureau. « Je cherche des informations sur l'histoire du village. »

La femme leva les yeux de son livre, l'examinant avec un intérêt apparent. « Vous devez être l'étranger dont tout le monde parle. On m'appelle **Madame Renard**. Je suis la gardienne des archives de Ravenne. Si vous cherchez quelque chose de particulier, je peux peut-être vous aider. »

Éric lui expliqua ce qu'il cherchait, mentionnant les rituels, le pacte, et les cycles de sacrifice. Madame Renard l'écouta attentivement, hochant la tête de temps en temps.

« Vous êtes courageux de chercher des réponses à des questions que personne n'ose poser ici, » dit-elle enfin. « Mais si vous voulez vraiment connaître la vérité, vous devrez lire ces textes anciens. » Elle se leva lentement et se dirigea vers une étagère où étaient rangés plusieurs volumes en cuir. Elle en sortit un en particulier, usé par les années, et le déposa sur le bureau devant Éric.

« Ce livre contient les chroniques du village, » expliqua-t-elle en ouvrant le volume à une page jaunie. « Il raconte comment nos ancêtres ont conclu le pacte. Mais soyez averti, certaines choses ne doivent pas être lues à la légère. »

Éric remercia Madame Renard et s'assit à une table près d'une fenêtre, ouvrant le livre avec précaution. Les premières pages racontaient l'histoire de la fondation de Ravenne, un simple village agricole prospère au début du XIXe siècle. Mais au fur et à mesure qu'il avançait dans sa lecture, les récits devenaient de plus en plus sombres.

Les textes parlaient d'une période de grande famine, où le village risquait de disparaître. Désespérés, les anciens avaient fait appel à un mystérieux groupe, les **Gardiens des Ombres**, qui leur avaient promis la prospérité en échange d'un pacte. Ce pacte garantissait au village de rester hors du temps, mais en retour, chaque génération devait offrir un sacrifice pour maintenir l'équilibre.

Éric tourna les pages avec une fascination morbide. Les chroniques décrivaient les rituels en détail, ainsi que les effets du pacte sur le village. Il y avait des récits de personnes disparues, des périodes où le village sombrait dans une étrange torpeur, et des signes avant-coureurs annonçant le début de chaque cycle.

Il referma le livre avec un sentiment d'effroi mêlé d'excitation. Ce qu'il avait découvert confirmait les dires d'Étienne et de Marie. Mais il sentait que ce n'était que le début, et que d'autres secrets plus sombres l'attendaient.

Jeudi soir, 18h00, Place du Village.

Alors que le soleil déclinait, Éric quitta la bibliothèque, la tête pleine d'interrogations. Il retourna sur la place centrale, où les ombres s'allongeaient à mesure que la lumière s'évanouissait. Le village semblait encore plus silencieux qu'à son arrivée, comme si chaque pierre retenait son souffle, en attente de quelque chose.

Éric s'arrêta près de la fontaine, le point de repère central de Ravenne. L'eau ne coulait plus depuis longtemps, et l'ensemble du monument semblait à l'abandon, couvert de mousse et de lichen. Il réfléchit à ce qu'il avait appris, essayant de trouver un plan pour découvrir la vérité cachée derrière les mystères du village.

Soudain, un bruit léger mais distinct se fit entendre derrière lui. Un frémissement, presque imperceptible, comme un souffle. Éric se retourna brusquement, son regard balayant la place, mais il ne vit rien d'anormal. Pourtant, l'air semblait plus lourd, chargé d'une tension palpable.

Il se força à respirer profondément, se rappelant qu'il n'était pas le bienvenu ici, et que les habitants de Ravenne ne lui avaient probablement pas dit tout ce qu'ils savaient. Ses pensées furent interrompues par une voix douce qui l'interpella depuis les ombres.

« Vous ne devriez pas être ici, monsieur Gautier. »

Éric sursauta, cherchant la source de cette voix. Une silhouette se détacha lentement de l'obscurité, avançant vers lui avec une grâce inquiétante. C'était une jeune femme, plus jeune que Marie, mais avec la même aura de mystère qui semblait imprégner chaque habitant de Ravenne. Ses cheveux noirs comme la nuit étaient en contraste frappant avec sa peau pâle, et ses yeux reflétaient une lueur d'intelligence mêlée de tristesse.

« Qui êtes-vous ? » demanda-t-il en essayant de garder une voix assurée.

« Mon nom est **Ashley**. Je suis... la fille d'Étienne Delacroix. Je vous ai vu entrer dans sa maison plus tôt aujourd'hui. »

Éric fut surpris de cette révélation. Étienne n'avait jamais mentionné avoir une fille. « Pourquoi ne m'a-t-il pas parlé de vous ? »

Ashley baissa les yeux, semblant peser ses mots. « Mon père est protecteur, surtout envers ceux qui, comme vous, ne connaissent pas toute la vérité. Il sait que vous êtes en danger. »

« Danger ? » Éric répéta, sentant une fois de plus l'inquiétude monter en lui. « De quoi parlez-vous exactement ? »

Ashley s'approcha davantage, suffisamment près pour que Éric puisse voir les ombres danser dans ses yeux. « Le cycle a déjà commencé. Vous avez dû le ressentir, n'est-ce pas ? La lourdeur de l'air, les regards fuyants des villageois... C'est parce qu'ils savent que bientôt, quelqu'un devra être sacrifié pour maintenir l'équilibre. »

« Qui ? » La question de Éric était presque un murmure.

« Cela pourrait être n'importe qui, » répondit-elle en soupirant. « Mais cette fois, je crains que ce ne soit vous, Éric Gautier. »

Un silence glaçant tomba entre eux. Éric sentit son cœur s'emballer. « Moi ? Pourquoi moi ? Je ne fais pas partie de ce village. »

Ashley le fixa avec une tristesse infinie. « Parfois, le pacte exige un étranger. Quelqu'un qui ne fait pas partie de notre monde, mais qui peut porter le fardeau de notre survie. En venant ici, vous vous êtes mis en danger. »

Éric recula légèrement, cherchant une échappatoire. « Non... il doit y avoir un moyen d'arrêter cela. De briser ce cycle. »

Ashley secoua la tête. « Si c'était si simple, quelqu'un l'aurait déjà fait. Mais il y a peut-être un espoir. Venez avec moi. Il y a quelque chose que vous devez voir. »

Éric hésita. Suivre cette jeune femme dans l'obscurité lui paraissait insensé, mais il n'avait pas beaucoup d'autres options. La curiosité et le désir de survie prirent le dessus, et il hocha la tête. « Très bien, montrez-moi. »

Ashley lui adressa un sourire triste, puis se tourna vers une petite ruelle à l'écart. Éric la suivit, jetant des regards anxieux autour de lui. Les maisons aux alentours semblaient se pencher vers eux, comme pour écouter ou surveiller leurs mouvements.

Ils marchèrent en silence pendant ce qui lui parut une éternité, jusqu'à ce qu'ils atteignent une petite clairière cachée derrière le village. Au centre de la clairière se trouvait un autel en pierre, entouré de bougies éteintes et de symboles gravés dans le sol. L'atmosphère y était oppressante, comme si les ténèbres elles-mêmes s'étaient rassemblées en ce lieu.

« C'est ici que le pacte a été scellé, » murmura Ashley en s'approchant de l'autel. « Et c'est ici que tout doit se terminer. »

Éric sentit un frisson glacial parcourir son dos. « Que dois-je faire ? »

Ashley posa une main légère sur l'autel, ses doigts traçant les symboles gravés. « Il existe un rituel, un ancien rituel qui pourrait briser le cycle. Mais il exige un grand sacrifice... Peut-être même votre propre vie. Êtes-vous prêt à aller jusqu'au bout ? »

Éric déglutit difficilement. « Si cela peut mettre fin à cette malédiction, alors je le ferai. »

Ashley hocha la tête, le regard empreint d'une résignation douloureuse. « Alors préparez-vous. Le moment approche, et vous devrez être prêt à faire face à ce qui va venir. Nous n'avons pas beaucoup de temps. »

Éric, sentant le poids de la situation s'abattre sur lui, jeta un dernier regard à l'autel, à ce village maudit, et à Ashley, cette femme qui semblait aussi prisonnière de Ravenne que lui-même. Il savait qu'il n'y avait plus de retour en arrière possible.

Jeudi soir, 21h00, Auberge de Ravenne.

De retour dans sa chambre, Éric essayait de se préparer mentalement pour ce qui l'attendait. Chaque son, chaque ombre dansait autour de lui, alimentant son anxiété. Le silence du village n'était plus une simple absence de bruit, mais un vide rempli de menaces invisibles. Il devait se concentrer, rassembler toutes ses forces pour affronter la nuit la plus longue de sa vie.

Alors que les heures défilaient, Éric se demanda s'il avait fait le bon choix en venant à Ravenne. Mais il savait aussi qu'il n'aurait jamais pu vivre avec lui-même s'il n'avait pas tenté de découvrir la vérité. Et maintenant, il était prêt à affronter ce qui l'attendait, peu importe les conséquences.

Chapitre 4 : La Nuit des Révélations

Jeudi soir, 23h30, Auberge de Ravenne.
Le village était plongé dans une obscurité oppressante. Dehors, aucun bruit, aucun mouvement. Le monde semblait figé, en attente de ce qui allait se produire. Éric, assis sur le bord de son lit, n'avait pas fermé l'œil depuis son retour à l'auberge. Chaque minute qui passait le rapprochait du moment où il devrait se rendre à l'autel pour le rituel, et l'angoisse ne faisait que grandir.

Alors qu'il se préparait mentalement pour ce qui l'attendait, un coup léger retentit à la porte de sa chambre. Éric se leva d'un bond, le cœur battant. Qui pourrait bien venir le voir à une heure si tardive ? Il ouvrit prudemment la porte et fut surpris de voir Étienne Delacroix se tenir dans l'embrasure, une expression grave sur le visage.

« Nous devons parler, » dit Étienne d'une voix basse mais pressante. « Il y a des choses que vous devez savoir avant de vous rendre à cet autel. »

Éric hocha la tête et fit signe à Étienne d'entrer. L'homme ferma la porte derrière lui et s'assit en face de Éric, ses mains tremblantes légèrement.

« J'ai essayé de vous avertir, » commença-t-il. « Mais je vois maintenant que je n'ai pas été assez clair. Ce que vous vous apprêtez à faire est extrêmement dangereux, mais il y a quelque chose de pire encore : tout ce que vous avez entendu jusqu'à présent n'est qu'une partie de la vérité. »

Éric fronça les sourcils. « Comment ça, une partie de la vérité ? »

Étienne prit une profonde inspiration avant de continuer. « Le rituel que Ashley vous a montré... ce n'est pas simplement une façon de briser le cycle. C'est un piège. Ceux qui dirigent ce village depuis des générations vous ont attiré ici avec un seul but : se débarrasser de vous. Le rituel ne brisera pas la malédiction ; il la transférera à vous. En effectuant ce rituel, vous deviendrez le nouveau gardien du cycle, condamné à perpétuer la malédiction pour toujours. »

Éric sentit une vague de froid le traverser. « Mais pourquoi moi ? Pourquoi un étranger ? »

« Parce qu'un étranger est plus facile à sacrifier, » répondit Étienne avec amertume. « Le pacte demande un sacrifice extérieur, quelqu'un qui n'est pas lié par le sang aux anciens de Ravenne. C'est la seule façon de protéger ceux qui vivent ici. Ashley ne vous a pas menti, elle croit sincèrement que vous pouvez briser le cycle, mais elle ignore la véritable nature du rituel. Les anciens lui ont caché la vérité, tout comme ils l'ont fait avec tous ceux qui ont tenté de s'opposer à eux. »

Éric se leva, son esprit tourbillonnant de confusion et de colère. « Pourquoi me dire cela maintenant ? Vous auriez pu m'avertir dès le début ! »

Étienne baissa la tête, honteux. « Parce que j'avais encore de l'espoir que les choses puissent se passer autrement. Mais j'ai compris que je ne pouvais plus rester les bras croisés. Il y a une autre façon d'arrêter tout ça, mais elle est encore plus risquée que ce rituel. »

« Qu'est-ce que c'est ? » demanda Éric avec impatience.

« Vous devez détruire l'autel, » répondit Étienne, sa voix tremblante. « Si l'autel est détruit, le lien entre le village et la malédiction sera rompu. Mais les anciens ne vous laisseront pas faire. Ils vous pourchasseront, ils feront tout pour vous arrêter. »

Éric sentit une nouvelle vague de peur l'envahir. « Et si je refuse ? Si je quitte simplement le village ? »

Étienne secoua la tête. « Vous ne pouvez plus fuir, Éric. Vous êtes déjà lié à ce village par votre présence ici. Si vous partez, le cycle continuera et reviendra pour vous, peu importe où vous serez. Votre seule chance de vous libérer est de détruire l'autel. »

Un silence pesant s'installa entre eux. Éric savait qu'il n'avait pas d'autre choix. Il ne pouvait pas fuir, et il ne pouvait pas accepter de devenir le gardien d'une malédiction qui avait déjà causé tant de souffrances. Il devait agir.

« Très bien, » dit-il finalement. « Je détruirai l'autel. Mais comment vais-je m'y prendre ? Je n'ai aucune arme, rien pour faire face aux anciens si jamais ils essaient de m'arrêter. »

Étienne se leva et posa une main réconfortante sur son épaule. « Vous n'êtes pas seul, Éric. Il y a d'autres habitants qui, comme moi, veulent en finir avec cette malédiction. Nous allons vous aider. Rendez-vous à la clairière à minuit. Nous serons là. »

Éric hocha la tête, sentant une étincelle d'espoir se rallumer en lui. Il regarda Étienne partir, le laissant seul avec ses pensées. Les derniers préparatifs se firent dans le silence. Chaque minute qui passait le rapprochait de l'heure fatidique.

Jeudi soir, 23h55, Clairière du village.

LE VILLAGE DES OMBRES

Éric se fraya un chemin à travers la forêt sombre qui entourait Ravenne, son cœur battant la chamade. Il savait que cette nuit serait décisive, une nuit où il se tiendrait face aux forces anciennes qui contrôlaient le village depuis des générations. Lorsqu'il arriva à la clairière, il aperçut plusieurs silhouettes qui l'attendaient près de l'autel. Parmi elles, Ashley, son visage pâle éclairé par la lueur des bougies.

« Vous êtes là, » murmura-t-elle, soulagée. « Je craignais que vous ne veniez pas. »

Éric hocha la tête, déterminé. « Nous allons faire ce qu'il faut, Ashley. Pour mettre fin à tout cela. »

Avant qu'elle ne puisse répondre, Étienne et plusieurs autres villageois émergèrent de l'obscurité. Certains portaient des torches, d'autres des outils rudimentaires. Tous avaient le même regard déterminé, prêts à en finir avec cette malédiction.

« Nous devons faire vite, » dit Étienne en s'approchant de l'autel. « Les anciens ne tarderont pas à découvrir ce que nous avons l'intention de faire. Éric, vous devez frapper l'autel en premier. Cela commencera le processus. »

Éric s'approcha lentement de l'autel, sentant une étrange énergie émaner de la pierre ancienne. Il attrapa la masse que lui tendait un des villageois, une arme lourde et froide, et la leva au-dessus de sa tête. L'instant semblait suspendu, comme si le monde entier retenait son souffle.

« Maintenant, Éric ! » s'écria Ashley, ses yeux fixés sur lui.

Avec toute la force dont il était capable, Éric abattit la masse sur l'autel. Le choc résonna dans toute la clairière, un bruit sourd et puissant qui sembla secouer le village lui-même. La pierre se fissura sous l'impact, une lumière bleue étrange émanant des brèches.

« Continuez ! » cria Étienne. « Ne vous arrêtez pas ! »

Éric frappa encore, et encore, chaque coup ébréchant davantage l'autel, libérant une énergie qui fit trembler le sol sous leurs pieds. Mais alors que la pierre se désintégrait, une voix grave et menaçante résonna dans l'air, venant de nulle part et de partout à la fois.

« Vous osez défier l'ancien pacte ? Vous osez briser ce qui a été scellé depuis des siècles ? »

Éric sentit une peur primaire le saisir, mais il ne s'arrêta pas. Les autres villageois s'approchèrent de l'autel, frappant avec des outils et des pierres, unissant leurs forces pour détruire la source de leur malheur. La lumière bleue devint de plus en plus intense, jusqu'à ce qu'elle soit presque aveuglante.

Soudain, un cri perça la nuit, un cri inhumain, terrifiant, comme celui d'une bête agonisante. Éric sentit une force invisible le repousser, le faisant tomber à genoux, mais il ne lâcha pas prise. Il leva la masse une dernière fois, déterminé à en finir, quand une explosion de lumière l'engloutit, effaçant tout autour de lui.

Vendredi matin, 6h00, Clairière du village.

Lorsque Éric ouvrit les yeux, il faisait jour. Le soleil brillait à travers les arbres, et le chant des oiseaux résonnait dans la forêt. Il était allongé sur le sol de la clairière, entouré des débris de l'autel détruit. Autour de lui, les villageois commençaient à se relever, ébranlés mais vivants.

Ashley fut la première à s'approcher de lui, l'aidant à se redresser. « Nous avons réussi, » dit-elle, un sourire de soulagement sur le visage. « La malédiction est brisée. »

Éric, encore sous le choc, regarda autour de lui. Le village était silencieux, paisible. Les ténèbres qui l'avaient enveloppé pendant si longtemps semblaient s'être dissipées. Il avait réussi. Ils avaient réussi.

Étienne s'approcha, posant une main sur son épaule. « Merci, Éric. Vous avez libéré Ravenne d'un fardeau que nous portions depuis trop longtemps. »

Éric hocha la tête, incapable de trouver les mots. Il savait que sa vie ne serait plus jamais la même après cette nuit. Mais pour l'instant, tout ce qui importait, c'était qu'il avait survécu. Et que le cauchemar était enfin terminé.

Chapitre 5 : Les Ombres du Passé

Vendredi matin, 8h00, Auberge de Ravenne.

Le soleil était maintenant bien haut dans le ciel, inondant le village de lumière. Pour la première fois depuis son arrivée, Éric sentit une

véritable chaleur en Ravenne, comme si le village tout entier s'était réveillé d'un long cauchemar. Pourtant, un sentiment d'inquiétude persistait en lui. Il n'avait pas encore quitté la clairière que déjà une étrange sensation d'inachevé l'habitait.

De retour à l'auberge, il s'assit devant une tasse de café que Ashley lui avait préparée. Ses mains tremblaient encore légèrement des événements de la nuit précédente, et ses pensées étaient embrouillées. Étienne et les autres villageois étaient partis peu après l'aube, retournant à leurs foyers avec l'espoir que la vie puisse enfin reprendre son cours normal. Mais Éric n'était pas convaincu que tout soit vraiment terminé.

« Vous devriez vous reposer, » dit Ashley en posant une main réconfortante sur son épaule. « Vous avez fait plus que votre part. »

Éric hocha la tête, mais il ne pouvait se résoudre à fermer les yeux, à se laisser aller. Une question restait sans réponse, une question qui ne cessait de tourner en boucle dans son esprit. « Ashley, » commença-t-il, hésitant, « que s'est-il passé exactement à l'autel ? »

Ashley détourna le regard, son sourire s'effaçant. « Nous avons détruit le lien, comme Étienne l'avait dit. La malédiction ne peut plus toucher Ravenne maintenant. Mais... »

Éric la fixa intensément. « Mais quoi ? Qu'est-ce que vous ne me dites pas ? »

Elle soupira profondément, comme si elle portait un lourd fardeau. « J'ai senti quelque chose, Éric. Quand l'autel s'est brisé... une présence, quelque chose de puissant, d'ancien. Et je crains que cette force ne se soit pas simplement dissipée. Elle est peut-être encore là, quelque part, attendant le bon moment pour se manifester. »

Éric sentit un frisson parcourir son dos. « Vous pensez que nous n'en avons pas fini ? »

Ashley se mordit la lèvre, cherchant les mots justes. « Je ne sais pas. Mais je sens que quelque chose a changé. Et pas seulement dans le bon sens. Je ne peux pas l'expliquer, mais... Ravenne a une histoire complexe. Ce que nous avons fait cette nuit pourrait avoir des conséquences que nous ne comprenons pas encore. »

Éric resta silencieux un moment, absorbant ces nouvelles informations. Tout cela semblait trop beau pour être vrai. Il avait espéré que la destruction de l'autel mettrait fin au cauchemar, mais il semblait que les choses étaient loin d'être aussi simples.

Vendredi après-midi, 14h00, Maison d'Étienne Delacroix.

Décidé à en savoir plus, Éric se rendit chez Étienne. Le vieil homme l'accueillit avec un sourire fatigué, mais chaleureux, et l'invita à entrer.

« Comment vous sentez-vous ? » demanda Étienne en le conduisant dans son salon. « Vous avez vécu une épreuve que peu de gens auraient surmontée. »

Éric s'installa dans un fauteuil, fixant le sol avec intensité. « Je ne sais pas si c'est vraiment fini, Étienne. Ashley m'a dit qu'elle a ressenti quelque chose quand l'autel s'est brisé. Quelque chose de mauvais. »

Étienne fronça les sourcils, son expression se durcissant légèrement. « Oui, elle m'a dit la même chose. Je crains qu'elle n'ait raison. Mais ce n'est pas quelque chose de nouveau. La malédiction qui pesait sur Ravenne n'était qu'un symptôme d'un problème plus ancien, plus profond. »

Éric se redressa dans son fauteuil, intrigué. « Que voulez-vous dire ? »

Étienne s'approcha d'un vieux coffre en bois et en sortit un livre poussiéreux, qu'il tendit à Éric. « Ce livre contient l'histoire de notre village. Il remonte à des siècles, bien avant que les premiers habitants ne signent le pacte avec les forces obscures. Ce que vous trouverez là-dedans pourrait expliquer beaucoup de choses, y compris ce que Ashley a ressenti. »

Éric prit le livre avec précaution, ses doigts caressant la couverture en cuir usé. Il l'ouvrit et commença à feuilleter les pages jaunies, lisant les passages anciens qui parlaient de la fondation de Ravenne, des croyances des premiers colons, et des rituels qu'ils pratiquaient pour assurer la prospérité du village.

Mais alors qu'il parcourait les pages, un détail attira son attention. Un symbole récurrent, gravé dans les marges de plusieurs pages, ressemblait étrangement à ceux qu'il avait vus sur l'autel dans la clairière. Ce symbole semblait représenter une figure humaine entourée de flammes, les bras levés vers le ciel.

« Qu'est-ce que cela signifie ? » demanda Éric, montrant le symbole à Étienne.

Le vieil homme se renfrogna en voyant le dessin. « C'est l'ancien gardien du feu, » murmura-t-il. « Une entité que nos ancêtres vénéraient bien avant que le pacte ne soit signé. Ils croyaient que cette figure était à la fois un protecteur et un destructeur, capable d'apporter la vie ou la mort selon son humeur. Les anciens rituels étaient conçus pour apaiser cette entité, pour s'assurer qu'elle ne se retourne pas contre nous. »

Éric fronça les sourcils. « Vous pensez que c'est ce que Ashley a ressenti ? Que cette entité soit encore présente, quelque part dans le village ? »

Étienne hocha la tête gravement. « C'est possible. Si nous avons brisé l'autel, il se pourrait que nous ayons libéré ce gardien. Et s'il est libre, alors Ravenne n'est peut-être pas hors de danger. »

Éric ferma le livre avec un sentiment de malaise. Il avait espéré que tout cela prendrait fin, mais il semblait que les problèmes de Ravenne étaient encore plus profonds qu'il ne l'avait imaginé. « Que devons-nous faire ? » demanda-t-il, se sentant de nouveau piégé dans ce village maudit.

Étienne posa une main réconfortante sur son épaule. « Nous devons être prêts, Éric. Prêts à affronter ce qui vient, peu importe ce que cela pourrait être. Vous avez déjà prouvé que vous êtes capable de grandes choses. Mais cette fois, nous devrons affronter ensemble ce qui menace Ravenne. »

Éric acquiesça, sentant la gravité de la situation peser sur lui. Il n'était plus seulement question de briser un cycle. Il s'agissait de protéger ce village et ses habitants de quelque chose de bien plus terrible. Et il savait que le chemin qui les attendait serait encore plus dangereux que celui qu'ils avaient déjà parcouru.

Chapitre 6 : Le Réveil du Gardien

Vendredi soir, 19h00, Auberge de Ravenne.

La journée s'était écoulée dans une étrange quiétude. Le village semblait presque paisible, comme si la destruction de l'autel avait vraiment brisé la malédiction. Mais Éric ne parvenait pas à se débarrasser de l'inquiétude grandissante qui le rongeait. Le poids des révélations d'Étienne, combiné aux étranges sensations de Ashley, pesait lourdement sur son esprit.

Assis dans la salle commune de l'auberge, il observait les villageois qui venaient et repartaient, discutant à voix basse, les traits tirés par la fatigue et l'anxiété. Ashley, quant à elle, était assise près de la cheminée, perdue dans ses pensées. Depuis leur retour de chez Étienne, elle n'avait pas dit un mot, son regard lointain fixé sur les flammes vacillantes.

Éric se leva et s'approcha d'elle, s'asseyant doucement à ses côtés. « Tu penses encore à ce que nous a dit Étienne ? » demanda-t-il doucement.

Ashley hocha lentement la tête, sans quitter des yeux les flammes. « Ce gardien... Si nous l'avons vraiment libéré, que veut-il ? Pourquoi se manifester maintenant ? Et surtout, comment pouvons-nous l'arrêter si c'est nécessaire ? »

Éric ne savait pas quoi répondre. L'idée qu'ils avaient pu réveiller une force ancienne et potentiellement destructrice le remplissait d'effroi. « Nous devons en savoir plus sur ce gardien. Peut-être qu'Étienne a d'autres informations dans ses livres. Ou peut-être qu'il existe encore des rituels pour le contrôler, pour l'apaiser. »

Ashley ferma les yeux, secouant la tête. « Nous ne savons rien, Éric. C'est ça qui me terrifie. Nous avons agi sans vraiment comprendre ce que nous faisions, et maintenant, nous devons en payer le prix. »

Éric ressentit un élan de culpabilité, mais aussi une détermination nouvelle. « Alors nous devons comprendre. Nous devons trouver un moyen de protéger ce village, quoi qu'il en coûte. »

Avant que Ashley ne puisse répondre, un fracas soudain retentit à l'extérieur de l'auberge. Les deux sursautèrent et se précipitèrent vers la porte d'entrée. Lorsqu'ils l'ouvrirent, ils découvrirent plusieurs villageois rassemblés sur la place centrale, leurs visages marqués par la peur. Au centre du groupe, Étienne se tenait, le visage pâle, son regard fixé sur le ciel.

Éric et Ashley suivirent son regard et virent ce qui avait déclenché la panique : une étrange lueur rougeâtre éclairait le ciel au-dessus de la forêt, un phénomène inquiétant et surnaturel. La lueur semblait s'intensifier, comme si quelque chose de puissant se préparait à émerger des profondeurs de la terre.

« C'est lui, » murmura Étienne, sa voix tremblante. « Le gardien est en train de se réveiller. »

Éric sentit son cœur s'emballer. « Qu'est-ce qu'il veut ? Pourquoi se réveille-t-il maintenant ? »

Étienne se tourna vers lui, une lueur de désespoir dans les yeux. « Parce que nous avons brisé l'autel, nous avons perturbé l'équilibre. Le gardien est furieux, et s'il n'est pas apaisé rapidement, il pourrait déchaîner sa colère sur tout le village. »

Ashley se rapprocha d'Étienne, son visage blême. « Comment pouvons-nous l'arrêter ? Existe-t-il un moyen de le renvoyer d'où il vient ? »

Étienne secoua lentement la tête. « Il n'existe aucun rituel pour cela, pas dans les livres que j'ai. Mais... il y a une légende, une vieille histoire que les anciens racontaient autrefois. On dit que le gardien du feu ne peut être arrêté que par celui ou celle qui possède un cœur pur, quelqu'un prêt à se sacrifier pour le bien de tous. Mais ce n'est qu'une légende... »

Éric sentit une boule se former dans son estomac. Il savait ce que cela signifiait. « Vous pensez que quelqu'un doit se sacrifier pour arrêter le gardien ? »

Étienne soupira profondément. « Je ne sais pas si c'est vrai, mais c'est notre seule piste. Si la légende dit vrai, alors peut-être qu'en offrant un sacrifice volontaire, nous pourrons apaiser le gardien. »

Le silence qui suivit ces paroles fut assourdissant. Les villageois se regardaient, terrifiés par cette possibilité. Personne ne voulait envisager un tel sacrifice, mais chacun savait que c'était peut-être leur seule chance de survie.

« Et si nous essayions de parler au gardien ? » proposa Éric, rompant le silence. « Peut-être qu'il ne veut pas de sacrifice, peut-être qu'il veut juste... être entendu. »

Ashley et Étienne échangèrent un regard incertain, mais avant qu'ils ne puissent répondre, un autre bruit se fit entendre, cette fois-ci provenant de la forêt. Un grondement sourd, comme celui d'un animal gigantesque, suivi d'un craquement sinistre.

« Il approche, » murmura Ashley, la voix tremblante.

Éric sentit l'urgence de la situation peser sur lui. « Quoi qu'il arrive, nous devons nous rendre dans la forêt et faire face à ce gardien. C'est la seule façon de comprendre ce qu'il veut et de l'empêcher de détruire tout le village. »

Les villageois étaient paralysés par la peur, mais finalement, Étienne hocha la tête. « Éric a raison. Nous devons aller à sa rencontre, ensemble. »

Ashley se redressa, sa peur se transformant en détermination. « Très bien, allons-y. »

Vendredi soir, 20h30, Forêt de Ravenne.

La forêt semblait différente ce soir-là, plus sombre, plus menaçante. La lueur rougeâtre illuminait le chemin devant eux, projetant des ombres inquiétantes sur les troncs des arbres. Éric, Ashley, Étienne, et un petit groupe de villageois marchaient en silence, leur respiration lourde, leurs cœurs battant la chamade.

Le grondement se fit de nouveau entendre, cette fois plus proche, et la terre sous leurs pieds trembla légèrement. Le groupe s'arrêta, incertain de la marche à suivre, mais Éric continua d'avancer, son instinct le poussant à aller de l'avant.

Ils atteignirent une clairière, la même où se trouvait l'autel désormais détruit. Mais ce qu'ils y découvrirent les glaça d'effroi : un cercle de flammes bleues s'élevait du sol, entourant une silhouette massive et indistincte. Le gardien.

Éric s'approcha prudemment, les yeux fixés sur la créature. Il ne voyait qu'une ombre mouvante dans les flammes, mais il sentait sa présence, une force ancienne et colossale. « Gardien ! » cria-t-il, sa voix se perdant presque dans le bruit des flammes. « Pourquoi es-tu ici ? Que veux-tu de nous ? »

LE VILLAGE DES OMBRES

Le grondement s'arrêta, et la silhouette se tourna vers Éric. Une voix caverneuse, inhumaine, résonna dans la clairière. « Vous avez brisé l'équilibre. Vous avez perturbé le cycle. Le sacrifice a été refusé, et maintenant le village doit payer. »

Éric sentit une terreur glacée l'envahir, mais il ne recula pas. « Nous ne comprenions pas ce que nous faisions. Mais il doit y avoir un autre moyen. Nous ne voulons pas de destruction. Que pouvons-nous faire pour réparer notre erreur ? »

La créature sembla réfléchir, ses flammes vacillantes légèrement. « Il existe un moyen... mais il exige un prix. L'équilibre doit être restauré. Un nouveau gardien doit être choisi. »

Éric serra les poings, se préparant à ce qu'il savait être inévitable. « Et si je me porte volontaire ? » demanda-t-il, la voix tremblante. « Si je deviens le nouveau gardien, épargneras-tu le village ? »

Un silence lourd tomba sur la clairière. Les flammes entourant le gardien vacillèrent, et la créature se pencha vers Éric. « Tu es prêt à sacrifier ta vie pour ces gens ? À porter ce fardeau pour l'éternité ? »

Éric jeta un regard vers Ashley et Étienne, puis vers les autres villageois qui le regardaient avec une angoisse visible. Il savait qu'il n'avait pas le choix. « Oui, je suis prêt. »

Le gardien sembla l'observer, pesant ses paroles. « Alors approche, et lie ton destin au mien. »

Éric inspira profondément et fit un pas en avant, pénétrant dans le cercle de flammes. La chaleur était intense, mais il ne fléchit pas. Il sentit une force l'envelopper, une puissance au-delà de toute compréhension humaine. Et tandis que le gardien tendait la main pour le toucher, Éric se prépara à accepter son destin, pour le bien de Ravenne.

Mais au dernier moment, une autre silhouette se précipita dans le cercle, repoussant Éric sur le côté. « Non ! » cria Ashley, ses yeux remplis de larmes. « Je ne te laisserai pas faire ça, Éric. C'est moi qui devrais être le gardien. C'est ma famille qui a causé tout cela. C'est à moi de réparer cette erreur. »

Le gardien s'arrêta, observant Ashley avec intérêt. « Es-tu prête à prendre sa place, jeune fille ? »

Ashley hocha la tête, déterminée. « Oui, je le suis. »

Éric se redressa, bouleversé. « Ashley, non ! Tu ne peux pas... »

Mais avant qu'il ne puisse terminer sa phrase, le gardien posa sa main sur Ashley, et les flammes les engloutirent tous les deux. Éric poussa un cri de désespoir, mais c'était trop tard. La transformation avait commencé.

Les flammes s'élevèrent dans un tourbillon furieux, illuminant la clairière d'une lumière aveuglante. Les villageois reculèrent, horrifiés, tandis que Éric tombait à genoux, le cœur brisé.

Puis, aussi soudainement qu'elles étaient apparues, les flammes s'éteignirent, laissant la clairière plongée dans une obscurité totale. Lorsque ses yeux s'ajustèrent, Éric vit que Ashley avait disparu. À sa place se tenait une nouvelle figure, un gardien plus petit, mais rayonnant de puissance.

Éric se redressa lentement, fixant la silhouette avec un mélange de chagrin et d'admiration. Le nouveau gardien s'approcha de lui, tendant la main.

« Éric, » dit une voix familière, douce et rassurante. « Je suis toujours là. Je suis toujours avec toi. Et je veillerai sur Ravenne, comme je l'ai promis. »

Éric sentit les larmes couler sur ses joues, mais il sourit à travers sa tristesse. « Ashley... »

Le gardien hocha la tête. « Retourne au village. La paix est rétablie. Je veillerai sur vous tous. »

Avec un dernier regard plein d'affection, Éric se détourna, rejoignant les autres villageois. Ensemble, ils quittèrent la clairière, le cœur lourd mais en paix, sachant que Ashley veillerait désormais sur eux.

Chapitre 7 : Le Nouveau Gardien

Samedi matin, 06h00, Village de Ravenne.

Le soleil se leva timidement sur Ravenne, baignant le village d'une lumière douce et apaisante. Pour la première fois depuis des semaines, l'atmosphère semblait plus légère, presque normale. Les habitants se réveillaient

lentement, se frottant les yeux comme s'ils sortaient d'un long cauchemar. Mais un sentiment de tristesse pesait encore lourdement sur le cœur de ceux qui savaient ce qu'il s'était passé la veille.

Éric, épuisé, se tenait sur le seuil de l'auberge, regardant les rues encore désertes. Il n'avait pas fermé l'œil de la nuit, hanté par les images de Ashley, enveloppée par les flammes, se sacrifiant pour sauver le village. Son esprit tournait en boucle, incapable de se détacher de la scène.

« Éric ... » La voix d'Étienne le tira de ses pensées. L'homme, qui paraissait lui aussi épuisé, s'approcha lentement. « Comment te sens-tu ? »

Éric haussa les épaules, incapable de trouver les mots justes. « Je ne sais pas... Ashley est partie, et pourtant... j'ai l'impression qu'elle est toujours là, quelque part. »

Étienne hocha la tête, compréhensif. « C'est parce qu'elle est toujours avec nous. Elle veille sur le village désormais, comme elle l'a promis. Mais cela ne rend pas son absence moins douloureuse. »

Éric inspira profondément, essayant de contenir ses émotions. « Que devons-nous faire maintenant, Étienne ? Le gardien est apaisé, mais... la vie continue. Comment pouvons-nous avancer après tout cela ? »

Étienne prit un moment pour réfléchir avant de répondre. « Nous devons reconstruire, Éric. Non seulement les maisons et les fermes, mais aussi la confiance et l'espoir dans le cœur des gens. Ashley s'est sacrifiée pour que nous puissions vivre en paix. Nous devons honorer ce sacrifice en vivant nos vies pleinement, en prenant soin les uns des autres. »

Éric acquiesça, ses pensées toujours tournées vers Ashley. « Je vais faire tout ce que je peux pour protéger ce village, Étienne. Je ne laisserai pas son sacrifice être vain. »

Étienne posa une main réconfortante sur l'épaule de Éric. « Tu n'es pas seul dans cette tâche. Nous sommes tous responsables de ce village. Nous devons travailler ensemble pour surmonter cette épreuve. »

Alors qu'ils parlaient, les villageois commencèrent à sortir de leurs maisons, certains allant vérifier les dégâts, d'autres se rassemblant sur la place du village pour discuter des événements de la veille. Il y avait un mélange de soulagement et de tristesse sur leurs visages, mais une nouvelle détermination semblait émerger parmi eux.

Samedi après-midi, 14h00, Place centrale de Ravenne.

Le village s'était réuni autour d'Étienne et Éric. Les discussions allaient bon train sur la façon dont ils allaient reconstruire, mais aussi sur la façon de remercier Ashley pour son sacrifice.

« Nous devons ériger un monument en son honneur, » proposa une femme âgée, ses yeux embués de larmes. « Elle doit être souvenue comme celle qui a sauvé Ravenne. »

D'autres approuvèrent, mais Éric intervint, le cœur lourd. « Ashley n'aurait pas voulu qu'on se focalise sur son sacrifice. Elle aurait voulu qu'on vive, qu'on continue à avancer. Peut-être que la meilleure façon de l'honorer est de faire exactement cela : vivre. »

Étienne prit la parole à son tour. « Éric a raison. Ashley a fait ce qu'elle a fait par amour pour ce village. Nous devons continuer à vivre en paix, à prendre soin les uns des autres. C'est ainsi que nous honorerons sa mémoire. »

Les villageois acquiescèrent, et même si le chagrin était encore présent, ils semblaient trouver un peu de réconfort dans ces paroles. La discussion se poursuivit sur les détails pratiques de la reconstruction du village, sur la façon dont chacun pouvait contribuer.

Mais alors que la réunion touchait à sa fin, un homme du village, le visage grave, s'avança. « Il y a autre chose dont nous devons parler... Que savons-nous vraiment de ce nouveau gardien ? Quelles seront ses intentions ? Et surtout, sommes-nous réellement en sécurité ? »

Un silence lourd tomba sur la place. Cette question avait traversé l'esprit de tous, mais personne n'avait osé la poser jusqu'à maintenant. Ashley avait-elle vraiment pris le contrôle de ce pouvoir ancien ? Ou y avait-il encore des risques à craindre ?

Éric serra les poings, sentant de nouveau l'angoisse monter en lui. Il savait que ce n'était pas une question simple à répondre, mais il se devait d'être honnête avec les villageois.

« Ashley est devenue le gardien pour nous protéger, j'en suis sûr. Mais nous devons rester vigilants. Nous ne savons pas exactement ce que cela signifie, ni ce que l'avenir nous réserve. »

Étienne hocha la tête, appuyant les paroles de Éric. « Il est possible que nous ayons encore des choses à découvrir sur ce gardien, sur ce qu'il veut réellement. Mais quoi qu'il arrive, nous ferons face à cela ensemble, comme nous l'avons toujours fait. »

Les villageois se dispersèrent lentement, chacun retournant à ses tâches avec un sentiment mitigé d'espoir et de peur. Éric, quant à lui, resta sur la place, songeur. Il savait que la paix retrouvée du village était fragile, et qu'ils devraient rester unis pour affronter ce qui pourrait encore venir.

Samedi soir, 22h00, Forêt de Ravenne.

Éric retourna seul à la clairière où tout s'était déroulé. La nuit était calme, mais il pouvait encore sentir la présence du gardien, quelque part dans les ombres des arbres.

« Ashley... » murmura-t-il, espérant que quelque part, elle pouvait l'entendre. « Je promets de protéger ce village, tout comme tu l'as fait. Je ne te décevrai pas. »

Il resta là, debout dans la clairière, les yeux fermés, écoutant le silence de la forêt. Et quelque part, dans le murmure du vent, il crut entendre une voix douce et rassurante. « Je sais, Éric. Je sais. »

PARTI 2 : RÉVÉLATIONS ET TRAHISONS

Chapitre 1 : Les Secrets du Passé

Dimanche matin, 08h00, Maison d'Étienne.

Éric se tenait devant une étagère pleine de vieux livres et de parchemins poussiéreux. Il n'avait pas dormi depuis la veille, trop préoccupé par les événements récents. Étienne était à ses côtés, triant les documents avec soin. « Ces écrits datent de plusieurs siècles, » expliqua Étienne en ouvrant un livre relié de cuir. « Ils contiennent des histoires et des légendes sur Ravenne, sur ses anciens gardiens, et sur la manière dont ce pouvoir a été transmis de génération en génération. »

Éric fronça les sourcils en parcourant les pages jaunies par le temps. « Et tu penses que ces légendes pourraient nous aider à comprendre ce qui est arrivé à Ashley ? »

Étienne hocha la tête. « Peut-être. Si nous comprenons comment les gardiens du passé ont exercé leur pouvoir, nous pourrons peut-être deviner ce que Ashley est devenue... et si elle est vraiment en contrôle de ce pouvoir. »

Éric feuilleta un autre livre, ses yeux tombant sur un dessin représentant une figure entourée de flammes, semblable à ce qu'il avait vu lors de la transformation de Ashley. Il y avait une légende écrite en dessous, en ancien français, qu'il peina à déchiffrer. « Le feu... est à la fois protecteur... et destructeur. Celui qui le contrôle... doit se garder de ne pas... se perdre dans ses flammes. »

Étienne, remarquant l'expression inquiète de Éric, s'approcha pour lire par-dessus son épaule. « Ce passage est un avertissement, je crois. Le pouvoir du gardien est immense, mais il peut aussi corrompre. Si Ashley n'est pas vigilante, elle pourrait perdre son humanité, et le gardien pourrait devenir une menace. »

Éric sentit une sueur froide parcourir son échine. « Et si c'est déjà en train de se produire ? »

Étienne posa une main rassurante sur son bras. « Ne te précipite pas dans les conclusions, Éric. Ashley est forte, et elle sait ce qui est en jeu. Mais nous devons être préparés, au cas où... »

Dimanche après-midi, 15h00, Forêt de Ravenne.

Éric retourna dans la clairière, cette fois accompagné d'Étienne. Ils avaient décidé d'examiner de plus près l'endroit où Ashley s'était transformée, espérant y trouver des indices sur la nature du nouveau gardien.

La clairière semblait différente de la veille, comme si la nature elle-même avait réagi à la présence du gardien. Les arbres étaient plus imposants, leurs branches formant un dôme naturel au-dessus de la clairière. Les bruits habituels de la forêt étaient étrangement absents, remplacés par un silence oppressant.

Étienne scruta les environs, sa main posée sur la vieille amulette qu'il portait toujours autour du cou. « Cet endroit... je sens une énergie différente ici. Comme si quelque chose de puissant et d'ancien avait été réveillé. »

Éric acquiesça, observant les lieux avec prudence. « C'est ici que Ashley est devenue le gardien. C'est comme si la forêt avait changé pour s'adapter à elle... ou au pouvoir qu'elle détient. »

LE VILLAGE DES OMBRES

Ils s'avancèrent prudemment vers le centre de la clairière, où les flammes avaient dansé la veille. Le sol était marqué de symboles gravés, des formes complexes qui ne ressemblaient à rien de ce qu'ils avaient vu auparavant. Étienne s'agenouilla pour les examiner de plus près, ses doigts suivant les lignes gravées.

« Ces symboles sont anciens, » murmura-t-il. « Très anciens. Ils pourraient appartenir à une civilisation disparue, bien avant que Ravenne ne soit fondé. Peut-être même avant que les premiers habitants de cette région ne s'y installent. »

Éric se pencha pour mieux voir, une inquiétude grandissante dans le cœur. « Mais que font-ils ici ? Est-ce que cela signifie que le gardien existait avant même que le village ne soit fondé ? »

Étienne resta silencieux un moment, réfléchissant profondément. « C'est possible. Si ces symboles sont liés au gardien, alors cela pourrait signifier que ce pouvoir a toujours été là, attendant simplement d'être réveillé. Ashley n'a pas créé ce pouvoir... elle l'a simplement éveillé. »

Éric se redressa, la gravité de la situation pesant sur ses épaules. « Alors, ce n'est pas simplement Ashley que nous devons comprendre... c'est tout ce pouvoir, cette ancienne force. Et si nous ne faisons pas attention, cela pourrait détruire tout ce que nous avons cherché à protéger. »

Étienne se releva à son tour, ses yeux fixés sur les symboles. « Oui. Et c'est pourquoi nous devons continuer à chercher, à comprendre ce que nous avons éveillé ici. Pour le bien de Ashley, et pour le bien de Ravenne. »

Dimanche soir, 21h00, Maison de Éric.

De retour chez lui, Éric se plongea dans les livres qu'Étienne lui avait donnés, cherchant désespérément des réponses. Mais plus il lisait, plus il réalisait que les légendes et les histoires ne faisaient qu'effleurer la surface de ce pouvoir ancien.

Il était fatigué, mais il savait qu'il ne pouvait pas abandonner. Ashley comptait sur lui, et il devait comprendre ce qui se passait avant qu'il ne soit trop tard. Alors qu'il tournait une autre page, une phrase attira son attention : « Le gardien est lié à la terre, au sang, et à l'esprit. Celui qui s'unit à ce pouvoir doit accepter non seulement son fardeau, mais aussi le risque de perdre ce qu'il est. »

Éric ferma le livre, son esprit en ébullition. Il devait parler à Ashley, ou du moins, au gardien qu'elle était devenue. Il devait savoir si elle était toujours elle-même, ou si le pouvoir l'avait déjà changée.

Chapitre 2 : La Voix du Gardien

Lundi matin, 05h00, Forêt de Ravenne.

Le jour commençait à peine à poindre lorsque Éric quitta le village en direction de la forêt. Il n'avait pas dormi, et ses pensées étaient entièrement tournées vers Ashley. Il devait la retrouver, lui parler, savoir si elle était toujours là, derrière le gardien qu'elle était devenue.

La forêt était encore plongée dans l'ombre, les arbres projetant des silhouettes menaçantes autour de lui. Le chemin vers la clairière semblait plus long que d'habitude, chaque pas résonnant dans le silence oppressant de la forêt. Éric sentait une présence tout autour de lui, comme si la forêt elle-même l'observait, évaluant chacun de ses mouvements.

Arrivé à la clairière, il s'arrêta, son cœur battant à tout rompre. Les symboles gravés sur le sol brillaient faiblement, comme s'ils pulsaient d'une énergie invisible. Éric avança prudemment jusqu'au centre de la clairière, son regard scrutant les ombres en quête de la moindre trace de Ashley.

« Ashley... » appela-t-il doucement, espérant que quelque part, elle pouvait l'entendre. « Je sais que tu es là. J'ai besoin de te parler. »

Le silence qui suivit fut presque insoutenable. Mais alors qu'il s'apprêtait à appeler de nouveau, une lueur émergea des ténèbres. C'était une petite flamme, flottant dans les airs, chaude et rassurante. Éric la fixa, émerveillé et apeuré à la fois.

La flamme se rapprocha de lui, et il crut entendre une voix douce, familière.

« Éric ... » La voix de Ashley résonna dans l'air, remplie de tendresse mais aussi d'une étrange distance. « Je suis là. »

Éric sentit les larmes monter à ses yeux. « Ashley ! Tu es toujours là, n'est-ce pas ? Tu n'as pas changé ? »

La flamme vacilla légèrement, comme hésitante. « Je suis toujours moi, Éric. Mais... je sens que ce pouvoir me change. C'est difficile à expliquer. Je suis encore Ashley, mais je suis aussi le gardien. Ces deux entités se mélangent, se fusionnent. »

Éric serra les poings, sa voix tremblante d'émotion. « Tu dois résister, Ashley. Ne te laisse pas absorber par ce pouvoir. Je ne peux pas te perdre, pas maintenant. »

La flamme sembla s'éloigner légèrement, comme si elle luttait contre une force invisible. « Éric ... Ce pouvoir est ancien, et il est lié à cette terre, à ce village. Il m'a choisie pour le protéger. Je ne sais pas si je peux résister éternellement... mais je ferai tout pour rester moi-même. »

Éric s'approcha, tendant la main vers la flamme, même s'il savait qu'il ne pourrait pas la toucher. « Tu n'es pas seule, Ashley. Je suis là, et je te soutiendrai autant que possible. Nous trouverons un moyen de te libérer de ce fardeau. »

La flamme vacilla encore une fois, avant de se stabiliser. « Merci, Éric. Savoir que tu es là me donne la force de continuer. Mais tu dois être prudent. Il y a encore des choses que tu ignores, des dangers que nous n'avons pas encore affrontés. Le gardien... il n'est pas seulement là pour protéger, mais aussi pour punir ceux qui menacent l'équilibre de cette terre. »

Éric sentit un frisson parcourir son échine. « Que veux-tu dire ? Y a-t-il encore des menaces pour Ravenne ? »

« Oui, » répondit Ashley, sa voix devenant plus grave. « Le pouvoir du gardien attire ceux qui cherchent à le contrôler. Des forces obscures, venues de l'extérieur, cherchent à s'emparer de cette terre, à en exploiter les énergies. Si nous ne faisons rien, ils pourraient détruire tout ce que nous avons. »

Éric serra les poings, déterminé. « Alors, dis-moi ce que je dois faire. Comment puis-je aider à protéger Ravenne ? »

La flamme grandit légèrement, illuminant davantage la clairière. « Il y a un ancien rituel, mentionné dans les écrits d'Étienne. Un rituel qui pourrait renforcer le lien entre le gardien et le village, pour protéger Ravenne des intrus. Mais ce rituel est dangereux, Éric. Il nécessite un sacrifice... un sacrifice que je ne peux pas te demander de faire. »

Éric sentit son cœur se serrer. « Si c'est pour protéger le village, je suis prêt à faire tout ce qu'il faut. Dis-moi ce que je dois faire, Ashley. »

La flamme vacilla de nouveau, comme hésitante. « Nous devrons en discuter avec Étienne. Lui seul connaît les détails du rituel. Mais je te préviens, Éric ... une fois ce rituel commencé, il n'y aura pas de retour en arrière. Es-tu prêt à prendre ce risque ? »

Éric inspira profondément, ses pensées tournées vers le village, vers les gens qu'il aimait. « Oui, Ashley. Je suis prêt. »

La flamme sembla sourire, d'une manière douce et rassurante. « Très bien. Nous allons faire ce qu'il faut, ensemble. Je suis toujours avec toi, Éric. Ne l'oublie jamais. »

Et sur ces mots, la flamme s'éteignit lentement, laissant Éric seul dans la clairière. Mais cette fois, il ne se sentait pas seul. Il savait que Ashley était toujours avec lui, et qu'ils affronteraient les dangers à venir ensemble.

Chapitre 3 : Le Rituel du Gardien

Lundi matin, 08h00, Maison d'Étienne.

Éric franchit la porte de la maison d'Étienne, le visage grave. Il n'avait pas encore dormi, et la rencontre avec Ashley, bien que rassurante sur certains points, l'avait également profondément perturbé. Il savait que ce qui allait suivre serait dangereux, mais il n'avait pas d'autre choix.

Étienne, assis à une vieille table de bois, l'attendait déjà, un livre ancien ouvert devant lui. Il leva les yeux en voyant entrer Éric. « Tu as parlé à Ashley, n'est-ce pas ? »

Éric acquiesça, s'asseyant en face de lui. « Oui, elle m'a parlé d'un rituel... un rituel qui pourrait renforcer le lien entre le gardien et le village. Mais elle a aussi mentionné que ce rituel est dangereux. »

Étienne hocha lentement la tête. « C'est vrai. Le rituel dont elle parle est très ancien. Peu de gens en connaissent les détails, car il n'a pas été pratiqué depuis des siècles. Il nécessite une compréhension profonde du pouvoir du gardien et une volonté de prendre des risques considérables. »

Éric inspira profondément. « Quels sont ces risques, Étienne ? Ashley a mentionné un sacrifice. Que devons-nous sacrifier ? »

Étienne soupira, fermant les yeux un instant comme pour rassembler ses pensées. « Le rituel demande un sacrifice de soi, Éric. Celui qui l'accomplit doit offrir une partie de son essence, de son âme, pour renforcer le gardien. Ce n'est pas seulement un sacrifice physique, mais aussi spirituel. Le lien créé est profond, presque indestructible, mais il peut aussi changer la personne qui l'accomplit, de manière irréversible. »

Éric sentit une vague de peur l'envahir, mais il la refoula aussitôt. « Si c'est ce qu'il faut pour protéger Ravenne, alors je le ferai. Mais... il y a autre chose, n'est-ce pas ? Ashley m'a parlé de forces extérieures qui cherchent à s'emparer de ce pouvoir. »

Étienne ouvrit lentement un autre livre, plus ancien encore, ses pages presque transparentes à force d'avoir été feuilletées. « Oui, et c'est pour cette raison que le rituel est devenu nécessaire. Il y a longtemps, Ravenne a été fondé pour protéger un pouvoir ancien, celui du gardien. Mais ce pouvoir a toujours attiré des convoitises. Des sorciers, des alchimistes, et d'autres créatures des ténèbres ont tenté de le contrôler. Jusqu'à présent, le gardien a toujours réussi à repousser ces menaces, mais cette fois, il semble que la menace soit plus grande. »

Éric serra les poings. « Alors, que devons-nous faire ? Comment prépare-t-on ce rituel ? »

Étienne le fixa longuement, son regard empli d'une sagesse ancienne. « Nous devons nous rendre dans un endroit particulier, au cœur de la forêt, où les anciens ont pratiqué ce rituel pour la dernière fois. Cet endroit est chargé d'une énergie puissante, qui permettra de canaliser le pouvoir du gardien. Mais une fois que nous serons là, tout devra se faire très rapidement. Si nous échouons, le pouvoir pourrait se retourner contre nous. »

Éric hocha la tête, déterminé. « Alors, préparons-nous. Nous devons agir avant que ces forces extérieures n'atteignent Ravenne. »

Lundi après-midi, 14h00, Forêt de Ravenne.

LE VILLAGE DES OMBRES

Étienne et Éric avancèrent lentement dans la forêt, guidés par les indications précises des anciens textes. L'air était lourd, chargé d'une tension palpable. Chaque pas semblait les rapprocher d'un destin inévitable.

Après plusieurs heures de marche, ils atteignirent enfin une clairière, bien plus petite que celle où Ashley s'était transformée, mais étrangement plus intimidante. Au centre de la clairière se trouvait un cercle de pierres anciennes, gravées de symboles mystérieux. L'endroit semblait presque irréel, baigné dans une lumière douce et surnaturelle.

Étienne s'approcha du cercle et commença à disposer divers objets autour des pierres : des herbes séchées, des cristaux, et une petite flamme éternelle, allumée par un ancien rituel. Il murmura des incantations en ancien français, ses paroles se fondant dans le bruissement des arbres.

Éric, quant à lui, se tenait au bord du cercle, observant chaque mouvement d'Étienne. Il sentait une énergie étrange émaner du sol, comme si la terre elle-même répondait aux invocations d'Étienne.

« Éric, » appela Étienne, « le moment est venu. Pour que ce rituel fonctionne, tu dois entrer dans le cercle et offrir une partie de ton essence. Ce ne sera pas facile, et tu ressentiras une douleur intense, mais tu dois rester concentré. »

Éric déglutit, puis fit un pas en avant. Il savait que c'était son destin. Il entra dans le cercle, sentant immédiatement une chaleur intense l'envahir. Étienne continua ses incantations, sa voix résonnant de plus en plus fort, alors que le vent commençait à tourbillonner autour d'eux.

« Maintenant, Éric ! » cria Étienne, tendant la main vers lui. « Concentre-toi sur Ashley, sur le gardien, et laisse ton esprit se lier au sien ! »

Éric ferma les yeux, essayant de faire abstraction de la douleur qui déchirait son corps. Il se concentra sur Ashley, sur son sourire, sur sa force. Il sentit son esprit se plonger dans une mer de flammes, mais au lieu de s'y brûler, il sentit une chaleur réconfortante l'envelopper.

Il vit Ashley, ou plutôt l'esprit du gardien, flotter devant lui, ses yeux brillants de cette même lumière surnaturelle. Elle tendit la main vers lui, et il fit de même. Leurs mains se touchèrent, et une énergie puissante traversa Éric, comme un éclair fendant le ciel.

La douleur s'intensifia, mais Éric ne lâcha pas prise. Il sentait que ce lien était la clé, la seule chose qui pouvait protéger Ravenne. Il serra la main de Ashley plus fort, sentant leurs esprits fusionner, leurs âmes se connecter.

Puis, d'un coup, tout s'arrêta. Le vent se calma, la chaleur se dissipa, et Éric se retrouva à genoux au centre du cercle, haletant. Étienne l'observait avec une expression grave mais soulagée.

« C'est fait, » murmura Étienne. « Le lien est créé. »

Éric leva les yeux, les larmes coulant sur ses joues. « Ashley... elle est toujours là, n'est-ce pas ? »

Étienne acquiesça. « Oui, Éric. Elle est toujours là. Et maintenant, le lien qui vous unit est plus fort que jamais. Mais souviens-toi... ce lien est puissant, mais il vous lie aussi à cette terre, à ce village. Tant que vous serez liés, vous devrez protéger Ravenne de toutes les menaces. »

Éric se releva, chancelant légèrement, mais déterminé. « Je comprends. Nous protégerons ce village... ensemble. »

Lundi soir, 21h00, Village de Ravenne.

De retour au village, Éric sentit une nouvelle force en lui, une connexion plus profonde avec Ashley et avec la terre de Ravenne. Mais il savait que ce n'était que le début. Les forces extérieures étaient toujours en mouvement, et bientôt, elles arriveraient à Ravenne.

Éric se tint à l'entrée du village, observant les ombres s'étendre au loin. Il était prêt. Avec Ashley, ils affronteraient ce qui allait venir, et ils protégeraient Ravenne, quoi qu'il en coûte.

Chapitre 4 : Les Ombres Envahissantes

Mardi matin, 07h00, Village de Ravenne. L'aube n'avait pas encore percé le ciel lorsqu'un cri perça le silence paisible du village. Éric, qui veillait sans relâche depuis la veille, bondit sur ses pieds. Il savait que le moment était venu. Les ombres dont Ashley avait parlé étaient arrivées.

Les villageois sortaient de leurs maisons, apeurés, mais ils se regroupaient rapidement autour de Éric, leurs visages marqués par l'inquiétude. Étienne, à ses côtés, était déjà en train de murmurer des prières protectrices, espérant gagner un peu de temps avant l'inévitable confrontation.

« Qu'est-ce qui se passe, Éric ? » demanda une femme, la voix tremblante.

Éric serra les poings. « Une menace ancienne est à nos portes. Nous devons nous préparer à défendre Ravenne. Rassemblez tous ceux qui savent se battre, et faites sortir les enfants et les anciens du village. Ils doivent être protégés. »

Les villageois s'éparpillèrent pour exécuter les ordres de Éric. Malgré leur peur, ils avaient confiance en lui, en Étienne, et en Ashley. Ils savaient que leur village était spécial, et que quelque chose de plus grand que leurs vies étaient en jeu.

Mardi matin, 08h30, Forêt de Ravenne. Éric et un groupe de villageois armés se dirigèrent vers la lisière de la forêt. Les ombres se mouvaient déjà entre les arbres, comme des spectres sans visage, avançant avec une lenteur méthodique.

Ces créatures n'étaient ni totalement humaines ni complètement spirituelles. Elles étaient faites de la même matière sombre que les cauchemars, une énergie corruptrice qui aspirait la vie autour d'elle.

Étienne observait avec une grimace de dégoût. « Ce sont les Égarés, des âmes qui ont perdu leur chemin, attirées par le pouvoir du gardien. Elles sont dangereuses et difficiles à combattre. »

Éric hocha la tête, ressentant la présence de Ashley à travers leur lien. « Nous devons les repousser avant qu'elles n'atteignent le village. »

Les villageois prirent position, brandissant des torches et des armes rudimentaires. Les Égarés avancèrent, leurs formes indistinctes se tordant comme des ombres liquides. Éric, avec l'énergie de Ashley bouillonnant en lui, se plaça en première ligne.

« En avant ! » cria-t-il, son cœur battant à tout rompre.

Les premiers Égarés se jetèrent sur eux, leurs corps éthérés traversant les armes comme des fantômes, mais les torches, imprégnées des prières d'Étienne, semblèrent les affecter. Éric sentit la chaleur de la flamme intérieure se renforcer, et il leva une torche, sentant l'énergie de Ashley la transformer en une arme de lumière pure.

Il la brandit avec force, et les Égarés reculèrent, hurlant en une cacophonie de souffrance. Éric les pourchassa, sentant la puissance de Ashley fusionner avec la sienne. Les villageois, voyant leur leader repousser les ombres, retrouvèrent courage et les suivirent, renforçant les rangs.

Étienne, quant à lui, récitait des incantations plus anciennes, tissant un bouclier de protection autour des combattants. Les Égarés luttaient pour franchir cette barrière, mais à chaque tentative, ils se heurtaient à une force invisible.

Cependant, malgré leur vaillance, les Égarés continuaient d'affluer, plus nombreux et plus agressifs. Leur présence semblait s'amplifier, comme si quelque chose ou quelqu'un les attirait vers Ravenne.

Éric, les mains tremblantes sous l'effort, regarda autour de lui. Il comprit que cette attaque n'était qu'une diversion. « Il y a autre chose... » murmura-t-il.

Soudain, un rugissement perça l'air, plus fort que les cris des Égarés. Une ombre massive émergea de la forêt, se dressant bien au-dessus des arbres. C'était une créature faite d'obscurité pure, un être ancien qui s'était éveillé pour détruire Ravenne. Son visage était caché derrière un masque fait de racines et de terre, ses yeux brillants d'une lueur rougeâtre maléfique.

Étienne blêmit. « C'est l'Ancien, un esprit vengeur oublié depuis des siècles. Si nous ne le stoppons pas, il anéantira tout sur son passage. »

Éric sentit son cœur se serrer. L'Ancien était bien plus puissant que les Égarés, et sa présence affaiblissait même le lien entre lui et Ashley. Mais il ne pouvait pas reculer.

« Étienne, que devons-nous faire ? » demanda Éric, la voix tendue.

Étienne regarda le ciel, puis Éric, une détermination froide dans les yeux. « Il existe un moyen, Éric. Une invocation ultime, un appel à la puissance de la terre elle-même. Mais cette invocation demande un sacrifice total, une offrande d'une vie pour une autre. »

Éric serra les dents. Il savait ce que cela signifiait, mais il ne pouvait pas laisser Ravenne tomber. Il était prêt à tout pour protéger le village, même si cela signifiait tout perdre.

« Dis-moi ce que je dois faire, » murmura-t-il.

Étienne plaça ses mains sur les épaules de Éric. « Nous devons nous rendre au cœur du sanctuaire, là où Ashley est devenue gardienne. C'est le seul endroit où l'énergie de la terre est assez forte pour invoquer une telle puissance. Mais sache que si tu choisis cette voie, tu pourrais ne jamais revenir. »

Éric ferma les yeux un instant, pensant à Ashley, aux villageois, et à tout ce qu'il avait déjà sacrifié. Il savait que le choix était déjà fait. « Allons-y. »

Mardi après-midi, 15h00, Clairière du Sanctuaire.

Éric et Étienne se tinrent au centre du sanctuaire, entourés des symboles gravés qui pulsaient avec une énergie ancienne. L'Ancien avançait, chaque pas faisant trembler le sol, tandis que les Égarés continuaient de harceler les villageois restés en arrière.

Étienne commença l'incantation, sa voix résonnant à travers la clairière. Éric se plaça au centre, les bras levés, prêt à offrir son essence une dernière fois. Le sol sous ses pieds commença à briller d'une lumière verte, la terre répondant à l'appel de son gardien.

Ashley apparut à ses côtés, sous forme de flamme, sa présence rassurante mais teintée de tristesse. « Éric ... tu n'es pas obligé de faire cela. Nous trouverons un autre moyen. »

Éric secoua la tête, déterminé. « Non, Ashley. C'est ce que je dois faire. Pour toi, pour Ravenne. Je suis prêt. »

La lumière autour de lui devint plus intense, enveloppant Éric et Ashley dans une chaleur apaisante. Mais alors que l'énergie atteignait son apogée, l'Ancien lança un cri déchirant, brisant le lien fragile entre eux.

Éric lutta pour maintenir le lien, sentant son essence se dissiper. Mais alors qu'il commençait à faiblir, une autre énergie le soutint. Les villageois, malgré leur peur, avaient formé un cercle autour de la clairière, joignant leurs prières aux incantations d'Étienne. Leurs voix résonnèrent à travers la forêt, et l'Ancien, bien que puissant, sentit sa force diminuer.

Avec un dernier effort, Éric canalisa toute l'énergie qu'il pouvait rassembler, fusionnant complètement avec Ashley. Un éclair de lumière blanche jaillit du sol, frappant l'Ancien de plein fouet. La créature hurla une dernière fois avant de se dissoudre dans l'air, emportant avec elle les Égarés.

La lumière s'éteignit progressivement, laissant Éric au sol, épuisé mais vivant. Étienne s'approcha, l'aidant à se relever, tandis que les villageois accouraient, les visages marqués par la peur et le soulagement.

« C'est fini... » murmura Éric, regardant autour de lui, mais il savait au fond de lui que quelque chose avait changé. Il était maintenant lié à Ashley d'une manière irréversible, leur destinée fusionnée avec celle de Ravenne.

Étienne posa une main réconfortante sur son épaule. « Oui, Éric, c'est fini. Mais cela ne signifie pas que les défis sont terminés. Vous avez sauvé le village aujourd'hui, mais cette terre a toujours été convoitée. Soyez prêts, car d'autres viendront. »

Éric hocha la tête, sentant la présence de Ashley à travers leur lien. Ils étaient prêts, ensemble, à affronter ce qui viendrait ensuite.

Chapitre 5 : Les Retombées

Mercredi matin, 06h30, Village de Ravenne. Le village se réveillait doucement après une nuit agitée. Les événements de la veille avaient laissé une empreinte indélébile dans les esprits de tous. Les rues étaient silencieuses, marquées par les traces de la bataille qui avait failli détruire leur foyer. Pourtant, une lueur d'espoir flottait dans l'air, subtile mais présente.

Éric sortit de la petite maison où il avait passé la nuit, encore épuisé par l'effort surhumain qu'il avait dû fournir pour repousser l'Ancien. Ses muscles étaient tendus, ses pensées embrumées par les souvenirs de la lutte. Pourtant, il ressentait en lui une nouvelle force, une énergie que Ashley partageait avec lui. Leur lien était désormais plus fort, et avec lui, une compréhension plus profonde de ce qu'il devait faire pour protéger Ravenne.

Ashley, sous sa forme éthérée, apparut à ses côtés. « Éric, tu as pris de grands risques hier. Nous avons gagné cette bataille, mais les conséquences de ce que nous avons fait sont encore à venir. »

Éric hocha la tête, le regard fixé sur l'horizon. « Je sais, Ashley. Je ressens en moi que le combat est loin d'être terminé. Ce lien que nous avons créé... il est puissant, mais je crains qu'il n'attire encore plus d'attention sur nous. »

Ashley sourit doucement. « C'est une possibilité, mais ce pouvoir peut aussi être une force pour le bien. Tant que nous restons unis, nous pourrons surmonter ce qui viendra. »

Éric inspira profondément, cherchant à se ressaisir. « Nous devons renforcer les défenses du village. Et aussi, nous devons trouver un moyen de comprendre ce que cet Ancien cherchait vraiment. Il ne s'agit pas simplement de pouvoir... Il y a quelque chose de plus grand en jeu. »

Étienne rejoignit Éric et Ashley, sa démarche plus lente qu'à l'accoutumée, comme si le poids des années et des secrets qu'il portait devenait plus lourd. « Éric, tu as raison. Les anciens gardiens ont laissé des traces, des indices sur les véritables enjeux de notre terre. Mais il faudra du temps pour les déchiffrer. »

Mercredi après-midi, 14h00, Ancien Temple de Ravenne.

Éric, Ashley, et Étienne se dirigèrent vers l'Ancien Temple, une structure presque oubliée, enfouie au cœur de la forêt. Ce temple avait autrefois été le centre de la vie spirituelle du village, un lieu où les premiers gardiens communiaient avec les forces de la nature.

Le temple était en ruines, envahi par la végétation, mais une aura de puissance s'en dégageait encore. Éric ressentait une connexion profonde avec cet endroit, comme s'il faisait partie de lui. Les murs étaient gravés de symboles anciens, que seuls ceux qui connaissaient les rites du gardien pouvaient comprendre.

Étienne s'arrêta devant une inscription particulièrement complexe, ses doigts traçant les symboles avec une révérence silencieuse. « Ce temple cache des secrets que peu de gens connaissent. Les textes anciens parlent d'un pouvoir caché ici, une force qui peut soit protéger Ravenne, soit la détruire. »

Ashley flotta près de l'inscription, son énergie se mêlant à celle des symboles. « Ce pouvoir... il est lié à la terre elle-même. Les anciens gardiens ont scellé quelque chose ici, quelque chose qui pourrait changer le cours de notre histoire. »

Éric s'approcha, sentant une vibration familière émaner des pierres. « Si ce pouvoir est ici, nous devons le comprendre et, si possible, l'utiliser pour défendre Ravenne. Mais il ne doit pas tomber entre de mauvaises mains. »

Étienne acquiesça. « Le pouvoir du gardien est une bénédiction, mais aussi une malédiction. Nous devons être extrêmement prudents. »

Mercredi soir, 21h00, Village de Ravenne.

Le trio retourna au village, où les habitants les attendaient, inquiets mais déterminés. Éric prit la parole, expliquant ce qu'ils avaient découvert au temple et la nécessité de protéger ce pouvoir caché. Les villageois, bien qu'effrayés par ce qu'ils avaient entendu, étaient unis dans leur volonté de préserver leur foyer.

« Nous devons être vigilants, » déclara Éric. « Les ombres que nous avons affrontées ne sont que le début. D'autres viendront, attirés par ce pouvoir. Mais tant que nous resterons ensemble, tant que nous protégerons ce lien, nous pourrons les repousser. »

Les villageois acquiescèrent, déterminés à se battre pour leur survie. Ils commencèrent à renforcer les défenses du village, préparant des pièges et des barricades. Les anciens conseillèrent les plus jeunes, leur enseignant les traditions et les rituels qui avaient autrefois protégé Ravenne.

Éric, épuisé mais résolu, se retira avec Ashley pour réfléchir aux prochaines étapes. Ils savaient que le temps leur était compté, et que la véritable menace se profilait encore à l'horizon.

Ashley murmura doucement, son énergie enveloppant Éric dans un cocon de chaleur. « Nous avons fait tout ce que nous pouvions pour aujourd'hui, Éric. Repose-toi, car demain, nous devrons être plus forts que jamais. »

Éric hocha la tête, sentant la fatigue l'envahir. Mais il savait qu'il ne pouvait pas baisser sa garde. Le destin de Ravenne reposait sur leurs épaules, et il n'avait pas le droit à l'erreur.

Chapitre 6 : L'Éveil du Temple

Jeudi matin, 05h30, Ancien Temple de Ravenne.

Éric se réveilla tôt, une étrange sensation au fond de son être. Il savait que ce jour marquerait un tournant décisif. Après avoir médité sur les événements des jours précédents, il se sentait prêt à explorer pleinement les mystères du temple. Ashley, à ses côtés, partageait son anxiété, mais elle se faisait discrète, lui laissant le temps de se préparer mentalement.

Le soleil commençait à peine à poindre à l'horizon lorsque Éric et Ashley retournèrent au temple, accompagnés d'Étienne. Cette fois, ils n'étaient pas seuls. Une dizaine d'habitants du village les suivaient, déterminés à découvrir la vérité. Parmi eux, de jeunes guerriers, mais aussi des anciens, porteurs des traditions oubliées.

Les symboles gravés sur les murs semblaient vibrer avec une énergie nouvelle, comme si le temple lui-même sentait l'approche de son moment d'éveil. Éric posa sa main sur une pierre ancienne, sentant la chaleur qui en émanait.

« Ce pouvoir... » murmura Ashley, flottant près de Éric, « Il est ancien et puissant. Mais il ne réagira qu'à ceux qui sont dignes de l'utiliser. »

Étienne hocha la tête. « Nous devons être prêts à tout. Ce temple est un lieu sacré, mais il pourrait aussi être dangereux. »

Éric inspira profondément, déterminé à aller jusqu'au bout. « Nous ne pouvons plus reculer maintenant. Si ce pouvoir peut protéger Ravenne, alors nous devons le réveiller. »

Jeudi matin, 06h30, Intérieur du Temple.

Ils pénétrèrent dans le temple, avançant lentement à travers un dédale de couloirs sombres. Les murs semblaient chuchoter des secrets anciens, leurs échos résonnant dans l'esprit de Éric. Plus ils s'enfonçaient dans les entrailles du temple, plus la tension montait. Chacun de leurs pas semblait les rapprocher d'une révélation imminente.

Au bout de ce labyrinthe, ils atteignirent enfin une vaste salle circulaire. En son centre, un autel de pierre sur lequel reposait un artefact mystérieux : une sphère d'énergie pulsante, entourée de symboles gravés dans la pierre.

« C'est ici, » dit Étienne d'une voix basse, presque révérencieuse. « C'est le cœur du temple. »

Éric s'avança, attiré irrésistiblement par la sphère. Lorsqu'il posa sa main dessus, une onde de chaleur parcourut son corps, et il se sentit connecté à quelque chose de plus grand, de plus ancien.

Ashley murmura doucement : « Le pouvoir du gardien... il est là, à portée de main. Mais attention, Éric. Ce pouvoir exige un prix. »

Jeudi matin, 07h00, Ancienne Salle du Conseil.

Une fois la sphère activée, un portail de lumière apparut sur le mur en face de l'autel. Ce portail menait à une salle encore plus secrète, cachée depuis des siècles. Éric, Ashley, et Étienne passèrent à travers, suivis de près par les villageois.

La salle dans laquelle ils se retrouvèrent était ornée de fresques murales racontant l'histoire de Ravenne, des premiers gardiens jusqu'à la chute de l'Ancien Conseil. Les fresques montraient également des visions d'un futur incertain, où la puissance du temple serait utilisée pour soit sauver, soit détruire le village.

Étienne s'arrêta devant une fresque représentant un gardien tenant une sphère de lumière dans une main, et une épée dans l'autre. « Voilà le choix qui nous attend, » dit-il. « Le pouvoir que nous avons éveillé peut-être une bénédiction ou une malédiction. Il nous incombe de faire le bon choix. »

Éric sentit le poids de cette responsabilité sur ses épaules. Le temps était venu de décider de l'avenir de Ravenne. Le pouvoir du temple pouvait repousser les ténèbres qui menaçaient leur village, mais à quel prix ?

Ashley apparut devant lui, son regard chargé de gravité. « Éric, ce n'est pas seulement ton choix, c'est aussi le nôtre. Ensemble, nous devons décider comment utiliser ce pouvoir. Nous devons être prêts à affronter les conséquences. »

Éric regarda autour de lui, ses amis et alliés l'observant avec confiance. Il sut alors qu'ils devaient agir, non par peur, mais par amour pour leur terre et leur peuple.

« Nous utiliserons ce pouvoir pour protéger Ravenne, » déclara-t-il finalement, sa voix résonnant dans la salle. « Mais nous le ferons avec sagesse et prudence. »

Étienne hocha la tête. « Alors préparons-nous. Le vrai combat ne fait que commencer. »

Chapitre 7 : Le Choix du Gardien

Jeudi après-midi, 14h00, Village de Ravenne.

Le village tout entier était plongé dans une atmosphère d'attente tendue. Les habitants, qui avaient participé à la découverte du temple, avaient commencé à partager les nouvelles avec le reste du village. La décision de Éric pesait lourdement sur leurs esprits. Tous savaient qu'ils se tenaient à un moment charnière de leur histoire.

Éric, accompagné de Ashley et d'Étienne, rassembla les villageois sur la grande place pour leur parler de ce qu'ils avaient trouvé et du choix qu'ils allaient devoir faire. Les visages étaient graves, l'inquiétude visible dans les yeux de chacun.

« Ce que nous avons découvert dans le temple pourrait changer notre destin, » commença Éric, sa voix portant dans le silence. « Mais ce pouvoir n'est pas sans risques. Il pourrait protéger Ravenne, mais il pourrait aussi attirer sur nous des forces que nous ne pouvons contrôler. »

Un murmure parcourut la foule, alors que les villageois échangeaient des regards inquiets. Éric continua, le regard déterminé. « Nous devons faire un choix. Nous devons décider si nous sommes prêts à accepter ce pouvoir et les responsabilités qui l'accompagnent. »

Ashley, flottant à côté de Éric, ajouta : « Ce choix n'appartient pas seulement à Éric. Il appartient à nous tous. Ce pouvoir affectera notre avenir, et il est essentiel que nous soyons unis dans cette décision. »

Étienne prit la parole à son tour. « Il est temps pour Ravenne de faire face à son destin. Ce pouvoir est ancien, et il est lié à la terre sur laquelle nous vivons. Mais il peut aussi nous détruire si nous ne sommes pas prudents. »

Les villageois écoutaient attentivement, pesant les mots de leurs leaders. Après un long moment de silence, une vieille femme, la doyenne du village, s'avança. Son visage ridé était empreint de sagesse et de détermination.

« Nous n'avons jamais reculé devant le danger, » dit-elle d'une voix ferme. « Ravenne a survécu à bien des tempêtes, et nous avons toujours trouvé un moyen de protéger notre foyer. Si ce pouvoir peut nous aider, alors nous devons l'accepter. Mais nous devons le faire avec sagesse et en gardant en mémoire ce que nous avons appris de nos ancêtres. »

Les villageois acquiescèrent, trouvant force et courage dans les paroles de la doyenne. Ils savaient que leur décision était cruciale, mais ils étaient prêts à faire face ensemble.

Éric hocha la tête, reconnaissant le consensus. « Alors, nous acceptons ce pouvoir. Mais nous le ferons avec prudence, en restant unis et en veillant sur Ravenne comme nous l'avons toujours fait. »

Jeudi soir, 19h00, Ancien Temple de Ravenne.

Alors que le soleil se couchait, Éric, Ashley, et une petite délégation du village retournèrent au temple. Cette fois, ils n'étaient plus là pour explorer, mais pour activer le pouvoir qu'ils avaient décidé d'accepter.

La sphère d'énergie brillait toujours au centre de la salle, sa lumière pulsante doucement, presque comme si elle respirait. Éric s'avança, suivi de Ashley, tandis qu'Étienne et les autres restaient en arrière, observant avec un mélange d'appréhension et d'espoir.

« C'est le moment, » murmura Ashley, son regard fixé sur la sphère. « Le pouvoir du gardien doit être réveillé. »

Éric hocha la tête et tendit la main vers la sphère. Dès qu'il la toucha, une décharge d'énergie traversa son corps, plus intense que tout ce qu'il avait ressenti auparavant. Les symboles gravés sur les murs s'illuminèrent d'une lumière éclatante, baignant la salle dans une lueur dorée.

Il sentit le pouvoir s'écouler en lui, fusionnant avec son être. Ce n'était pas seulement une force brute, mais une connaissance ancienne, une sagesse accumulée au fil des âges. Les voix des anciens gardiens résonnaient dans son esprit, guidant ses pensées.

« Éric, souviens-toi que ce pouvoir n'est pas seulement un don. C'est une responsabilité. Utilise-le pour protéger, pour guérir, mais jamais pour détruire. »

Ashley, ressentant la même énergie à travers leur lien, sourit doucement. « Nous sommes prêts, Éric. Ensemble, nous pouvons utiliser ce pouvoir pour le bien de Ravenne. »

Éric ferma les yeux, se concentrant sur l'énergie qui circulait en lui. Il sentait les racines de la terre sous ses pieds, la force des montagnes et la douceur des rivières. Ce pouvoir n'était pas seulement celui d'un gardien, mais celui de la nature elle-même.

« Nous devons sceller ce pouvoir dans le temple, » dit-il doucement, ouvrant les yeux. « Il doit rester ici, pour protéger Ravenne, mais nous devons veiller à ce qu'il ne soit jamais utilisé à mauvais escient. »

Ashley acquiesça. « Et pour cela, nous devons établir une nouvelle lignée de gardiens. Des gens qui comprendront la nature de ce pouvoir et qui seront prêts à le défendre. »

Éric et Ashley, unis par leur lien, scellèrent le pouvoir du temple, établissant de nouveaux rituels et de nouvelles protections. Ils savaient que leur tâche ne faisait que commencer, mais ils étaient prêts à affronter ce qui viendrait.

Jeudi soir, 22h00, Village de Ravenne.

Lorsque Éric et les autres revinrent au village, une nouvelle ère semblait commencer. Les villageois les attendaient, impatients de savoir ce qui s'était passé.

Éric sourit en les voyant. « Le temple est scellé, et le pouvoir est en sécurité. Mais ce n'est pas la fin. C'est un nouveau départ pour Ravenne. Nous devons rester unis, vigilants, et prêts à protéger notre foyer. »

Les villageois applaudirent, soulagés et remplis d'espoir. Ils savaient que des défis les attendaient encore, mais ils étaient prêts à les affronter ensemble.

PARTIE 3 : LA LUTE POUR LA VÉRITÉ

Chapitre 1 : Le Lien Brisé

Vendredi matin, 06h00, Village de Ravenne.

Le lendemain matin, le village se réveilla dans une tranquillité inhabituelle. Le vent soufflait

doucement à travers les arbres, et le chant des oiseaux marquait le début d'une nouvelle journée. Pourtant, une ombre planait sur Ravenne. Malgré le succès apparent de la veille, une inquiétude grandissait en Éric, un sentiment qu'il ne parvenait pas à dissiper.

Ashley, perceptible uniquement par Éric, semblait-elle aussi perturbée. Son lien avec le temple avait été scellé avec le pouvoir, mais quelque chose en elle était différent. Elle flottait près de lui, silencieuse, comme si elle luttait contre une force invisible.

« Ashley, est-ce que tout va bien ? » demanda Éric, essayant de cacher son inquiétude.

Ashley lui sourit faiblement. « Je ressens un changement, Éric. Depuis que nous avons scellé le pouvoir, je... je me sens moins connectée à ce monde. »

Éric fronça les sourcils, une peur sourde s'installant en lui. « Que veux-tu dire ? Est-ce que... est-ce que tu disparais ? »

Ashley secoua la tête. « Pas disparaître, mais... s'éloigner. Le lien qui me maintenait ici est en train de se fragiliser. Je sens que mon temps avec toi est compté. »

Les mots de Ashley frappèrent Éric comme un coup de poing. Il ne pouvait imaginer continuer sans elle, sans sa sagesse et sa présence apaisante. « Il doit y avoir un moyen de renforcer ce lien, de te garder ici. Nous pouvons trouver une solution ! »

Ashley posa une main éthérée sur la joue de Éric, un geste réconfortant, bien que légèrement froid. « Éric, parfois, certaines choses ne peuvent être changées. J'ai accompli ce pour quoi j'étais ici. Tu as trouvé ta force, tu as compris ton rôle. Peut-être est-il temps pour moi de... »

« Non ! » Éric interrompit, sa voix brisée par l'émotion. « Je ne peux pas te perdre, pas maintenant. Nous avons encore tant à accomplir ensemble. »

Ashley le regarda avec une tristesse douce. « Nous avons fait ce qui devait être fait. Le village est en sécurité, le pouvoir est protégé. Mais mon lien avec ce monde était lié au temple, et maintenant que son pouvoir est scellé, ma mission est achevée. »

Vendredi matin, 07h30, Près de l'Ancien Temple.

Éric emmena Ashley au bord de la forêt, là où ils avaient trouvé le temple pour la première fois. Il espérait que revenir à cet endroit pourrait renforcer leur lien, mais Ashley semblait de plus en plus distante, son image devenant plus floue à mesure que le temps passait.

« Ashley, je ne veux pas te laisser partir. » Éric murmura, la gorge serrée.

Ashley, désormais à peine visible, hocha la tête. « Je sais, Éric. Et je suis reconnaissante pour tout ce que nous avons partagé. Mais la vie est faite de cycles. Mon temps ici touche à sa fin. »

Éric se sentit impuissant, incapable de retenir celle qu'il considérait comme une partie de lui-même. Ashley sourit une dernière fois, son image s'effaçant doucement dans l'air du matin.

« Tu n'es jamais vraiment seul, Éric. Tu m'as en toi. Continue à protéger ce que nous avons construit, et souviens-toi de moi avec amour, pas avec tristesse. »

Et avec ces mots, Ashley disparut, laissant Éric seul dans le calme de la forêt. Le silence qui suivit était assourdissant. Éric resta là, immobile, le cœur lourd de chagrin.

Vendredi après-midi, 14h00, Village de Ravenne.

Éric retourna au village, son visage marqué par la perte de Ashley. Les villageois, bien que conscients du succès qu'ils avaient atteint, ne pouvaient ignorer l'ombre de tristesse qui planait sur leur protecteur. Étienne s'approcha de lui, une main réconfortante posée sur son épaule.

« Je suis désolé, Éric, » dit-il doucement. « Ashley était une alliée précieuse pour nous tous. »

Éric hocha la tête, les yeux rivés sur l'horizon. « Elle est toujours avec nous, d'une certaine manière. Je dois apprendre à avancer sans elle physiquement à mes côtés. »

Étienne soupira. « C'est difficile, je le sais. Mais tu n'es pas seul. Le village est avec toi, et nous sommes tous reconnaissants pour ce que vous avez accompli. »

Éric inspira profondément, se redressant un peu. « Oui, tu as raison. Ashley n'aurait pas voulu que je me laisse abattre. Il y a encore beaucoup à faire. »

Chapitre 2 : Le Dernier Héritage

S amedi matin, 08h00, Village de Ravenne.
Le village se réveillait doucement après une nuit calme. Éric, malgré la perte de Ashley, avait passé la nuit à méditer sur tout ce qu'ils avaient accompli ensemble. La douleur de son départ était toujours vive, mais il savait qu'il devait avancer, pour le bien de Ravenne et pour honorer la mémoire de celle qui avait été son guide.

Alors que le soleil commençait à baigner les maisons de sa lumière dorée, Éric se dirigea vers la place centrale, où les villageois s'étaient rassemblés. Aujourd'hui, ils allaient discuter de l'avenir du village et de la manière dont ils allaient préserver l'équilibre qu'ils avaient restauré.

Étienne l'attendait, entouré des anciens du village. La doyenne, qui avait parlé avec une telle sagesse quelques jours plus tôt, se tenait à leurs côtés, le regard déterminé. « Éric, nous sommes prêts à entendre ce que tu as à dire, » dit-elle avec bienveillance.

Éric prit une grande inspiration avant de s'adresser aux villageois. « Nous avons surmonté des épreuves difficiles, et aujourd'hui, Ravenne est plus forte qu'elle ne l'a jamais été. Mais notre tâche n'est pas terminée. Le pouvoir que nous avons scellé doit être protégé, et pour cela, nous devons créer une nouvelle lignée de gardiens. »

LE VILLAGE DES OMBRES

Un murmure d'approbation parcourut la foule. Les villageois savaient que ce pouvoir devait être entre de bonnes mains pour éviter qu'il ne tombe dans de mauvaises intentions.

Éric continua : « Chaque génération devra choisir ceux qui seront dignes de devenir gardiens. Ces personnes devront comprendre l'importance de ce pouvoir et s'engager à le protéger, pour le bien de tous. »

Étienne prit la parole à son tour. « Nous devrons former ces nouveaux gardiens, leur enseigner les traditions et les rites anciens. Cela prendra du temps, mais c'est la seule manière de garantir que ce pouvoir reste une force de protection pour notre village. »

La doyenne hocha la tête. « Il est essentiel que ces gardiens soient choisis avec soin. Leur cœur doit être pur, et leur loyauté envers Ravenne inébranlable. »

Samedi après-midi, 14h00, Près de l'Ancien Temple.

Plus tard dans la journée, Éric et quelques villageois sélectionnés se rendirent à l'ancien temple pour y déposer les premiers artefacts sacrés qui serviraient aux futurs gardiens. Les objets avaient été choisis avec soin parmi les reliques du village, chacun représentant une partie de l'histoire et de l'héritage de Ravenne.

La sphère d'énergie, qui avait été au cœur de leur périple, était désormais protégée par un champ de force invisible, accessible uniquement à ceux qui avaient été choisis comme gardiens. Éric savait que cet endroit deviendrait un sanctuaire pour les générations futures, un lieu où les nouveaux gardiens viendraient méditer et se préparer à leur rôle.

En observant le temple, Éric se rappela les paroles de Ashley. « Tu n'es jamais vraiment seul, Éric. » Elle avait raison.

Bien qu'elle ne soit plus là physiquement, son esprit vivait à travers chaque décision qu'il prenait, chaque action qu'il menait pour protéger le village.

Étienne, qui se tenait à ses côtés, posa une main réconfortante sur son épaule. « Nous avons accompli quelque chose d'extraordinaire ici, Éric. Ravenne est en sécurité, grâce à toi. »

Éric secoua la tête. « Grâce à nous tous. Ashley, toi, les villageois... Nous avons tous joué un rôle. Et maintenant, il est temps de transmettre cet héritage. »

Samedi soir, 20h00, Village de Ravenne.

Le soir venu, le village célébra avec une grande fête sur la place centrale. Les villageois avaient apporté des plats traditionnels, des musiciens jouaient des airs anciens, et l'atmosphère était joyeuse. Mais malgré l'euphorie ambiante, Éric restait pensif.

Il savait que la route devant eux serait parsemée de nouveaux défis, mais il se sentait prêt à les affronter. Pour la première fois depuis longtemps, il se sentait en paix avec lui-même, même si une partie de lui continuerait toujours de regretter la perte de Ashley.

La doyenne, observant Éric de loin, s'approcha de lui avec un sourire bienveillant. « Tu as fait du bon travail, Éric. Mais n'oublie pas de vivre, aussi. La protection de Ravenne est importante, mais la vie l'est tout autant. »

Éric sourit, reconnaissant. « Merci. Je ferai de mon mieux pour trouver cet équilibre. »

Elle hocha la tête. « Je n'en doute pas. Et n'oublie pas que le village sera toujours là pour t'aider, tout comme tu as été là pour nous. »

Chapitre 3 : L'Éveil des Gardiens

Dimanche matin, 07h00, Village de Ravenne.
Le soleil venait à peine de se lever, et déjà, une énergie nouvelle régnait dans le village. Aujourd'hui marquait le début d'une nouvelle ère, celle des Gardiens de Ravenne. Les villageois avaient désigné ceux qui seraient les premiers à porter ce titre honorifique. Chacun d'eux avait été choisi pour sa force intérieure, sa sagesse, et son dévouement envers la communauté.

Éric, bien que jeune, avait été désigné comme chef des Gardiens, une décision qui semblait évidente après tout ce qu'il avait accompli. Étienne, quant à lui, était devenu son bras droit, apportant son expérience et sa profonde connaissance des traditions du village.

Dimanche matin, 09h00, Au Cœur de la Forêt.

Les nouveaux Gardiens, au nombre de cinq, se rassemblèrent autour de Éric près du temple. Ce lieu, autrefois rempli de mystère et de danger, était devenu un sanctuaire de paix et de réflexion. Le groupe avançait en silence, chacun étant conscient de la responsabilité qui pesait désormais sur ses épaules.

Éric les conduisit jusqu'à l'entrée du temple. L'air était frais, chargé de la fragrance des pins et de la terre humide. L'atmosphère était solennelle. « Aujourd'hui, vous devenez plus que des protecteurs de ce village, » commença Éric. « Vous devenez les gardiens d'une force ancienne, d'un héritage qui transcende le temps. Ce que nous faisons ici aujourd'hui, c'est assurer la sécurité de générations futures. »

Les visages des Gardiens étaient graves, mais déterminés. Ils comprenaient l'importance de leur rôle, et chacun ressentait un mélange d'excitation et de respect pour ce qui allait suivre.

Éric les guida à l'intérieur du temple, où les artefacts sacrés reposaient maintenant en sécurité. Il leur expliqua les significations de chaque objet, leur histoire, et leur lien avec le pouvoir qu'ils devaient protéger.

Dimanche après-midi, 14h00, Cérémonie d'Intronisation.

L'après-midi, une grande cérémonie fut organisée pour célébrer l'intronisation des Gardiens. Les villageois s'étaient rassemblés en cercle autour d'une grande pierre plate, au centre de la place du village. Cette pierre, connue sous le nom de « la Pierre du Destin », avait été utilisée pendant des siècles pour bénir les nouveaux chefs et guerriers de Ravenne.

Éric prit la parole devant la foule. « Aujourd'hui, nous ne marquons pas seulement la naissance d'une nouvelle tradition, mais aussi l'unité de notre village. Ensemble, nous avons surmonté des obstacles qui semblaient insurmontables. Ensemble, nous avons prouvé que l'unité et la force intérieure peuvent triompher de tout. »

Il se tourna vers les Gardiens, qui se tenaient en ligne devant la Pierre du Destin. « Approchez-vous, » leur dit-il, la voix remplie d'autorité et de solennité. Chacun à leur tour, ils posèrent une main sur la pierre, prêtant serment de protéger le village et le pouvoir sacré avec leur vie.

La doyenne s'avança alors, portant une coupe en bois remplie d'une infusion d'herbes locales, une boisson qui, selon la tradition, renforçait le lien entre le corps, l'esprit, et la terre. Elle offrit la coupe à chaque Gardien, les bénissant au nom des anciens esprits de la forêt.

Dimanche soir, 20h00, Village de Ravenne.

La cérémonie terminée, le village entier se retrouva pour une nouvelle soirée de festivités. Autour de grands feux de camp, les villageois partageaient des histoires, des rires, et des chants. Les Gardiens, bien que maintenant investis de leur nouveau rôle, étaient invités à se détendre et à célébrer avec les autres. Éric, bien que conscient de ses nouvelles responsabilités, permit à l'euphorie de la soirée de le gagner. Ce moment était rare, précieux, et il savait qu'il fallait en profiter.

Il s'éloigna un moment de la foule pour observer les étoiles, un souvenir lointain de Ashley revenant à lui. Il se surprit à sourire, sachant qu'elle aurait été fière de ce qu'il avait accompli. « Merci, Ashley, » murmura-t-il, comme pour lui rendre un dernier hommage.

Les bruits du village résonnaient derrière lui, remplis de joie et de vie. Pour la première fois depuis longtemps, Éric se sentait réellement en paix, confiant en l'avenir. Il savait que tant que les Gardiens seraient là, Ravenne serait en sécurité.

Chapitre 4 : Premiers Murmures de la Forêt

Lundi matin, 06h30, Village de Ravenne.

Le soleil n'était pas encore levé lorsque Éric se réveilla, une sensation étrange dans l'estomac. Malgré les festivités de la veille, il avait dormi d'un sommeil agité, perturbé par des rêves qu'il ne parvenait pas à se rappeler. Un sentiment d'inquiétude planait sur lui, comme une ombre qu'il ne pouvait dissiper.

Éric décida de sortir prendre l'air, espérant que la fraîcheur du matin calmerait son esprit tourmenté. En sortant de sa maison, il remarqua que le village était encore endormi, les maisons silencieuses et paisibles. Pourtant, un frisson parcourut sa colonne vertébrale. Il y avait quelque chose de différent aujourd'hui, quelque chose dans l'air.

Lundi matin, 07h00, Près de la Forêt.

Il se dirigea vers la lisière de la forêt, là où il avait souvent trouvé du réconfort et des réponses. Mais aujourd'hui, les arbres semblaient plus sombres, les ombres plus longues. Le vent murmura à travers les branches, et Éric crut entendre des voix, des chuchotements incompréhensibles, portés par la brise. Il s'arrêta net, tendant l'oreille.

« Qu'est-ce que c'était ? » pensa-t-il, une vague de froideur l'envahissant. Les voix semblaient venir de la profondeur de la forêt, un appel lointain, presque imperceptible, mais terriblement pressant.

LE VILLAGE DES OMBRES

Éric sentit son cœur battre plus vite. Il savait que la forêt était un lieu sacré, mais aussi un endroit de mystères insondables. Jamais auparavant il n'avait ressenti une telle présence, quelque chose d'ancien et de puissant, bien plus que ce qu'il avait affronté jusque-là.

Lundi matin, 08h00, Assemblée des Gardiens.

Sans perdre de temps, Éric retourna au village et convoqua une réunion d'urgence avec les Gardiens. Étienne, encore légèrement somnolent, fut le premier à le rejoindre, suivi par les autres Gardiens. Tous remarquèrent immédiatement la gravité dans les yeux de Éric.

« Qu'est-ce qui se passe ? » demanda Étienne, l'inquiétude se lisant sur son visage.

Éric prit une grande inspiration avant de répondre. « Ce matin, j'ai ressenti quelque chose dans la forêt. Ce n'était pas comme les autres fois. Il y avait des voix, des chuchotements... et une présence. Quelque chose de puissant. Je pense que la forêt essaie de nous avertir de quelque chose. »

Les Gardiens échangèrent des regards inquiets. La forêt, bien qu'un lieu de protection, avait toujours été entourée de légendes effrayantes. Elle était habitée par des esprits anciens, des forces mystérieuses que peu osaient perturber.

« Nous devons y aller, » déclara l'un des Gardiens, une jeune femme nommée Céleste, qui avait toujours été sensible aux énergies naturelles. « Si la forêt essaie de communiquer avec nous, il est de notre devoir d'écouter. »

Étienne hocha la tête, bien qu'il semblât légèrement réticent. « D'accord. Mais nous devons être prudents. Nous ne savons pas ce que nous allons rencontrer. »

Éric acquiesça. « Préparons-nous et partons dans une heure. »

Lundi matin, 09h00, Au Cœur de la Forêt.

Une heure plus tard, les Gardiens étaient prêts, armés et déterminés à découvrir la source des murmures de la forêt. Ils pénétrèrent dans les bois, avançant prudemment parmi les arbres massifs. Plus ils s'enfonçaient, plus les chuchotements devenaient clairs, formant presque des mots, mais toujours hors de portée de la compréhension.

La lumière du jour peinait à percer à travers les cimes épaisses, créant une atmosphère inquiétante. Les Gardiens restaient sur leurs gardes, scrutant les environs, chaque craquement de branche sous leurs pieds résonnant comme un coup de tonnerre dans le silence oppressant.

Au bout d'une heure de marche, ils atteignirent une clairière qu'aucun d'eux n'avait jamais vue auparavant. Au centre de celle-ci, une ancienne pierre levée, recouverte de runes anciennes, se dressait. Les chuchotements semblaient émaner de cette pierre, s'intensifiant au fur et à mesure qu'ils s'approchaient.

Éric ressentit une vague de vertige en s'approchant de la pierre. Les runes semblaient briller d'une lueur intérieure, pulsant comme un cœur battant. « C'est ici, » murmura-t-il, le souffle court. « C'est de cette pierre que viennent les voix. »

Céleste posa une main tremblante sur la pierre. Au contact, les chuchotements se turent instantanément, laissant place à un silence lourd et oppressant. Elle se tourna vers les autres, le visage pâle. « Ce n'est pas un avertissement... c'est une invocation. Quelque chose de très ancien essaie de revenir. »

Éric sentit une sueur froide couler le long de sa colonne vertébrale. « Nous devons agir rapidement. Si nous laissons cette invocation se terminer, cela pourrait libérer une force que nous ne sommes pas prêts à affronter. »

Étienne prit une profonde inspiration. « Alors, que faisons-nous ? »

Éric réfléchit un instant, puis prit une décision. « Nous devons sceller cette pierre, tout comme nous avons scellé le pouvoir du temple. Mais cela demandera un sacrifice... un lien puissant pour contenir une telle force. »

Le groupe se prépara à commencer le rituel, conscient que les heures à venir seraient cruciales pour le futur de Ravenne.

Chapitre 5 : Le Rituel de la Pierre

Lundi matin, 10h00, Clairière de la Pierre.

Les Gardiens se tenaient autour de la pierre levée, l'atmosphère lourde de tension et de mystère. Éric, désormais le chef incontesté du groupe, scrutait les runes qui pulsaient faiblement sur la surface de la pierre. Il pouvait sentir une énergie ancienne et puissante émaner de cet artefact, quelque chose de bien plus dangereux que tout ce qu'ils avaient affronté jusqu'ici.

« Nous devons agir vite, » déclara-t-il, sa voix grave et résolue. « Si cette invocation est complète, elle pourrait libérer une force que même nous, les Gardiens, ne pourrons contrôler. »

Céleste, qui avait toujours été sensible aux énergies spirituelles, hocha la tête. « Je sens cette force. Elle est encore contenue, mais pas pour longtemps. Nous devons sceller cette pierre avant qu'elle ne s'éveille complètement. »

Étienne, se tenant près de Éric, semblait profondément préoccupé. « Le rituel que tu proposes, Éric ... est-ce que nous avons vraiment le temps de le réaliser ? Et surtout, avons-nous la force nécessaire ? »

Éric serra les poings, conscient du poids de la responsabilité qui pesait sur lui. « Nous devons réussir. Il n'y a pas d'autre choix. »

Lundi matin, 11h00, Préparation du Rituel.

Le groupe se mit rapidement au travail, rassemblant les éléments nécessaires pour le rituel. La première étape consistait à créer un cercle de protection autour de la pierre. Céleste traça des symboles sacrés dans la terre avec un bâton, chaque trait empli d'une intention précise. Étienne et les autres Gardiens disposèrent des pierres autour de la clairière, formant un cercle parfait pour concentrer l'énergie.

Pendant ce temps, Éric plongea dans les écrits anciens qu'il avait emportés. Ces textes, hérités des anciens de Ravenne, contenaient des fragments de rituels utilisés pour sceller les forces obscures. Mais il savait que ce qu'ils allaient accomplir demandait plus qu'un simple rituel. Il faudrait un lien profond entre les Gardiens et la force qui s'apprêtait à être scellée.

« Céleste, » appela-t-il, relevant les yeux des parchemins. « Nous devons nous lier à la pierre, puiser dans son énergie, et la retourner contre elle-même. »

Céleste acquiesça, bien que la tâche paraisse presque impossible. « Cela nécessitera une synchronisation parfaite, et un esprit clair. Si l'un de nous échoue, la pierre pourrait se retourner contre nous. »

Lundi après-midi, 13h00, L'Éveil de la Pierre.

Alors que le groupe était sur le point de commencer, un grondement sourd se fit entendre, émanant du cœur même de la pierre. Les runes brillèrent soudainement d'une lumière intense, projetant des ombres mouvantes sur les visages des Gardiens. Le sol sous leurs pieds trembla légèrement, comme si la terre elle-même protestait contre ce qui allait être accompli.

« Elle s'éveille ! » s'écria l'un des Gardiens, l'angoisse perçant dans sa voix.

Éric leva les mains, appelant au calme. « Ne vous laissez pas distraire ! Concentrez-vous sur le rituel. Nous pouvons le faire ! »

Les Gardiens prirent place autour de la pierre, formant un cercle avec Éric au centre, directement devant l'artefact. Ensemble, ils commencèrent à réciter les incantations anciennes, les voix s'unissant en un chant hypnotique qui résonnait dans la clairière. Les paroles, venues des âges, semblaient résonner avec les runes, répondant à leur lumière.

L'énergie dans l'air devint palpable, vibrant autour d'eux comme une tempête en formation. Éric ferma les yeux, sentant la puissance de la pierre se diriger vers lui, comme un fleuve déchaîné. Il se concentra sur sa mission, visualisant les barrières qu'ils devaient ériger autour de cette force.

Lundi après-midi, 14h30, Le Sacrifice de l'Âme.

Mais alors que le rituel avançait, Éric réalisa quelque chose d'important. Pour sceller cette force, il faudrait un sacrifice plus grand que prévu. Ce n'était pas simplement une question de magie, mais de vie elle-même. Un lien direct entre la pierre et un être vivant devait être créé pour contenir le pouvoir.

Le visage de Ashley traversa son esprit, son sacrifice résonnant encore douloureusement en lui. « Je ne peux pas demander cela à un autre, » pensa-t-il. « Pas après ce qu'elle a fait pour nous. »

Éric rouvrit les yeux, sa décision prise. « Céleste, Étienne, arrêtez ! »

Les Gardiens cessèrent leurs incantations, surpris par l'interruption soudaine. « Qu'est-ce qu'il se passe, Éric ? » demanda Étienne, l'angoisse dans la voix.

Éric s'avança vers la pierre, une détermination nouvelle dans le regard. « Je vais faire ce sacrifice. Je vais me lier à la pierre pour la sceller. C'est la seule façon de s'assurer que le rituel fonctionne. »

« Non, Éric ! » protesta Céleste, les larmes aux yeux. « Tu ne peux pas faire ça ! Nous avons besoin de toi ! »

Étienne secoua la tête, se tenant prêt à intervenir. « Il doit y avoir un autre moyen ! »

Mais Éric était inflexible. « C'est le seul moyen. La pierre ne sera scellée que si un lien fort la maintient en place. Ashley m'a montré ce que signifie sacrifier pour protéger ceux qu'on aime. C'est à mon tour maintenant. »

Avec une dernière pensée pour ses amis, Éric posa ses mains sur la pierre. Immédiatement, l'énergie puissante et sauvage de l'artefact envahit son corps, fusionnant avec son âme. Il sentit la force de la pierre tenter de le submerger, mais il résista, concentrant toute sa volonté pour la contenir.

Les runes sur la pierre brillèrent de plus en plus fort, jusqu'à devenir aveuglantes. Les Gardiens, impuissants, assistèrent à la scène, déchirés entre la volonté de sauver leur ami et la nécessité de compléter le rituel.

Lundi après-midi, 15h00, Le Silence de la Pierre.

Lorsque la lumière se dissipa, la clairière était plongée dans un silence total. La pierre, autrefois vivante et vibrante, était maintenant inerte, ses runes éteintes. Éric, toujours debout devant elle, retira ses mains de la surface. Mais il savait, au fond de lui, que quelque chose en lui avait changé pour toujours.

Étienne et Céleste se précipitèrent vers lui. « Éric, est-ce que ça va ? » demanda Étienne, le visage pâle d'inquiétude.

Éric leur fit un signe de la tête, bien que son regard fût empreint d'une tristesse nouvelle. « Oui, ça va. La pierre est scellée, et son pouvoir est contenu. Mais... quelque chose de moi est parti avec elle. »

Céleste prit sa main, la serrant fort. « Nous sommes encore ensemble, Éric. Tu n'es pas seul. »

Éric leur sourit faiblement, reconnaissant pour leur soutien. Mais il savait que ce lien avec la pierre avait un coût. Bien qu'il ait scellé la force ancienne, il sentait qu'une partie de son âme resterait à jamais liée à ce lieu, veillant sur la forêt et sur le village de Ravenne.

Chapitre 6 : Les Séquelles du Sacrifice

Mardi matin, 07h00, Village de Ravenne.
Le lendemain du rituel, le village de Ravenne s'éveilla sous un ciel gris, comme si la nature elle-même portait le deuil de ce qui s'était passé. Les Gardiens, exténués par les événements de la veille, se retrouvèrent autour de la grande table dans la salle commune de Éric. Le

silence pesait lourd, chacun étant perdu dans ses pensées, repassant en boucle les moments du rituel.

Éric, qui n'avait presque pas dormi, observait les visages fatigués de ses amis. Il se sentait étrangement distant, comme s'il se trouvait entre deux mondes. La pierre avait pris une partie de lui, et bien qu'il soit physiquement présent, une ombre planait sur son esprit.

« Comment te sens-tu, Éric ? » demanda Céleste, brisant le silence.

Éric haussa légèrement les épaules, incapable de mettre des mots sur ce qu'il ressentait vraiment. « Je suis encore là, c'est ce qui compte, non ? » répondit-il avec un demi-sourire, qui ne parvint pas à rassurer ses amis.

Étienne, assis en face de lui, se pencha en avant, les coudes appuyés sur la table. « Ce que tu as fait était incroyable, Éric. Mais on peut voir que ça t'a coûté cher. Si tu as besoin de te reposer, on peut gérer les choses ici pour toi. »

Éric secoua la tête. « Non, je dois rester actif. Si je m'arrête maintenant, je ne suis pas sûr de pouvoir reprendre. » Il jeta un coup d'œil par la fenêtre, vers la forêt qui semblait plus sombre que d'habitude. « Nous avons scellé cette force, mais nous ne savons pas combien de temps ce sceau tiendra. Et je crains que la pierre ne soit pas la seule menace qui pèse sur Ravenne. »

Mardi après-midi, 14h00, La Visite de l'Étranger.

Alors que les Gardiens se préparaient à repartir pour leurs tâches quotidiennes, un étranger arriva au village, attirant immédiatement l'attention des habitants. Il était grand, vêtu d'une longue cape noire qui dissimulait son visage sous un capuchon. Son allure mystérieuse et son silence pesant éveillèrent une certaine méfiance parmi les villageois.

L'étranger s'approcha de la maison de Éric, et d'un coup sec, il frappa à la porte. Éric, qui se tenait toujours à l'intérieur avec Céleste et Étienne, se raidit en entendant ce son. Quelque chose dans cette visite impromptue le mettait mal à l'aise.

« Je vais ouvrir, » dit-il, se levant avec une certaine appréhension.

Il ouvrit la porte pour se retrouver face à l'inconnu. L'homme releva légèrement son capuchon, révélant un visage marqué par le temps et des yeux perçants qui semblaient voir au-delà de ce que la plupart des gens pouvaient percevoir.

« Éric Desrosiers, je présume, » dit l'homme d'une voix grave.

Éric fronça les sourcils. « Oui, c'est moi. Qui êtes-vous, et que veniez-vous faire ici ? »

L'étranger esquissa un sourire énigmatique. « Mon nom est Emanuel, et je viens de loin. Très loin, en réalité. Je suis ici pour vous avertir que ce que vous avez scellé hier n'est qu'un avant-goût de ce qui est à venir. Vous avez ouvert une porte, Éric, et maintenant, d'autres cherchent à entrer. »

Le cœur de Éric se serra. « Que voulez-vous dire par là ? De quoi parlez-vous ? »

Emanuel posa une main sur l'épaule de Éric, son regard devenant plus intense. « Vous avez montré à ces anciennes forces que la résistance est possible, que le pouvoir peut être contenu. Mais cela ne les arrêtera pas. Elles sont nombreuses, plus anciennes encore que la pierre que vous avez scellée. Et maintenant, elles savent que Ravenne existe. Elles viendront, Éric. Elles viendront pour vous, pour votre village, pour tout ce que vous avez juré de protéger. »

Un frisson parcourut Éric . Le poids des paroles d'Emanuel était accablant. Il sentit un malaise profond, comme si l'ombre de la pierre n'était rien en comparaison de ce qui s'annonçait.

« Alors que devons-nous faire ? » demanda Éric, sa voix tremblante d'émotion.

Emanuel retira sa main et recula légèrement. « Vous devez vous préparer. Il n'y a pas de temps à perdre. Votre village, vos amis, tous devront être prêts à affronter ce qui arrive. Et vous devrez renforcer vos propres liens avec ces forces, car elles ne peuvent être combattues par la simple force physique. Le spirituel, le sacré... ce sont vos seules armes. »

Éric resta silencieux, absorbant chaque mot. « Comment savez-vous tout cela ? »

Emanuel sourit mystérieusement. « Disons simplement que j'ai vécu assez longtemps pour voir ce genre de choses avant. Je suis ici pour vous aider, si vous acceptez mon aide. Mais sachez que le chemin qui vous attend est semé d'embûches, de sacrifices et de pertes. »

Étienne et Céleste, qui avaient suivi la conversation à distance, s'approchèrent de Éric, sentant l'urgence de la situation.

« Nous acceptons votre aide, » déclara Éric, prenant la décision sur le champ. « Si ce que vous dites est vrai, nous aurons besoin de toute l'aide possible. »

Emanuel inclina légèrement la tête. « Très bien. Alors, préparez-vous, car le temps presse. Bientôt, les ombres s'étendront sur Ravenne, et seuls les plus forts pourront y survivre. »

Chapitre 7 : Le Début de la Tempête

Mardi soir, 19h00, Village de Ravenne.
La nuit tombait sur Ravenne, enveloppant le village dans une obscurité épaisse. Le ciel, auparavant simplement gris, était maintenant couvert de nuages noirs et menaçants. Une tempête se préparait, et les villageois pouvaient sentir dans l'air cette énergie lourde qui annonçait quelque chose de plus sombre que de simples intempéries.

Éric , debout à la fenêtre de sa maison, observait le ciel avec une expression grave. Emanuel se tenait à ses côtés, les bras croisés, silencieux comme toujours, mais son regard trahissait une profonde concentration.

« C'est le début, » murmura Emanuel, comme pour lui-même.

Éric tourna légèrement la tête vers lui. « Qu'est-ce qui va se passer ? »

Emanuel leva les yeux vers les nuages. « La tempête va frapper cette nuit. Mais ce ne sera pas une tempête ordinaire. Elle portera en elle les échos des forces que vous avez défiées. Elles vont essayer de briser le sceau que vous avez placé sur la pierre en exploitant la faiblesse des esprits des habitants. Vous devez les protéger, Éric , ou Ravenne tombera avant même que la vraie bataille ne commence. »

Éric sentit une vague de désespoir le traverser. Comment pouvait-il protéger tout un village contre une telle menace, surtout alors qu'il se sentait si affaibli par son lien avec la pierre ?

Mais il n'avait pas le luxe de se laisser submerger par le doute. Il devait agir, et vite. Il quitta la fenêtre et se tourna vers Emanuel. « Que dois-je faire pour les protéger ? »

Emanuel le fixa, ses yeux perçants. « Vous devez éveiller les Gardiens. Leur rappeler qui ils sont et pourquoi ils sont ici. Leur force n'est pas simplement physique ou magique, elle vient de leur unité, de leur détermination à protéger ce village à tout prix. Si vous parvenez à raviver cette flamme en eux, vous pourrez créer un bouclier autour de Ravenne. Un bouclier spirituel, forgé par la volonté des Gardiens. »

Mardi soir, 20h00, La Réunion des Gardiens.

Éric convoqua les Gardiens dans la salle commune du village, un ancien bâtiment en bois qui avait autrefois servi de lieu de rencontre pour les anciens. La pièce était éclairée par des chandelles qui projetaient des ombres dansantes sur les murs, rendant l'atmosphère encore plus oppressante.

Les Gardiens, fatigués mais déterminés, s'assemblèrent autour de Éric. Céleste, Étienne, et les autres membres du groupe, tous semblaient ressentir la gravité de la situation. Même ceux qui, d'habitude, étaient les plus insouciants, avaient maintenant une lueur de peur dans les yeux.

« Merci à tous d'être venus si rapidement, » commença Éric, sa voix résonnant dans la salle silencieuse. « Ce que je vais vous demander n'est pas facile, mais c'est nécessaire. Ce soir, une tempête va frapper notre village. Pas une simple tempête de vent et de pluie, mais une tempête d'énergie spirituelle. Les forces que nous avons défiées hier vont tenter de briser notre volonté, de s'infiltrer dans nos esprits pour affaiblir le sceau. »

Les murmures se propagèrent dans la salle, mais Éric leva une main pour demander le silence. « Nous devons créer un bouclier pour protéger Ravenne. Ce bouclier sera forgé par notre unité, par notre détermination à ne pas laisser ces forces nous diviser. Nous devons nous lier, nous concentrer, et élever nos esprits au-dessus de la peur et du doute. »

Étienne prit la parole, une lueur de défi dans les yeux. « Je suis avec toi, Éric. Nous l'avons déjà fait une fois, nous pouvons le faire à nouveau. »

Céleste hocha la tête. « Ensemble, nous sommes plus forts que n'importe quelle force obscure. Nous avons déjà sacrifié tant, nous ne pouvons pas faillir maintenant. »

Un par un, les autres Gardiens exprimèrent leur soutien, formant un cercle autour de Éric. Ils joignirent les mains, fermèrent les yeux, et commencèrent à réciter les incantations que Céleste avait apprises de ses ancêtres. Leurs voix s'unirent, créant une vibration harmonique qui se propagea à travers la salle et au-delà, atteignant les recoins du village.

Mardi soir, 22h00, L'Arrivée de la Tempête.

Dehors, le vent se leva brusquement, fouettant les arbres et faisant claquer les volets des maisons. La pluie commença à tomber, d'abord en fines gouttes, puis en torrents violents, frappant le sol avec une force presque surnaturelle. Les villageois, alertés par l'intensité soudaine de la tempête, se réfugièrent dans leurs maisons, mais ils sentaient que quelque chose de bien plus terrible que la météo se déroulait à l'extérieur.

Éric, au centre du cercle formé par les Gardiens, ressentait chaque rafale de vent comme une attaque directe contre son esprit. Mais il tint bon, puisant dans la force de ses amis, dans leur volonté collective. Il visualisa le bouclier qu'ils essayaient de former, une barrière lumineuse qui s'étendait au-dessus du village, repoussant les forces obscures qui tentaient de s'infiltrer.

Emanuel, debout à l'écart, observait le rituel avec un regard impénétrable. Il murmura des paroles dans une langue ancienne, apportant son propre soutien à l'effort des Gardiens. Les ombres dansaient autour de lui, mais aucune n'osait s'approcher trop près.

La tempête gagna en intensité, et pendant un moment, il sembla que le bouclier allait céder. Les murmures des forces obscures, des voix anciennes et cruelles, résonnaient dans les esprits des Gardiens, cherchant à les affaiblir, à semer la peur et le doute. Mais les Gardiens tinrent bon, renforçant leur lien à chaque instant.

Mercredi matin, 00h00, L'Apaisement.

Soudain, la tempête commença à se calmer. Le vent diminua, la pluie se fit moins violente, et les voix des forces obscures s'éteignirent une à une, vaincues par la volonté inébranlable des Gardiens. Le bouclier qu'ils avaient créé resta intact, brillant faiblement dans l'obscurité avant de s'éteindre doucement.

Les Gardiens, épuisés, ouvrirent les yeux et relâchèrent leurs mains. Un silence de mort régnait à l'extérieur, seulement interrompu par les gouttes de pluie qui tombaient maintenant doucement sur les toits. Le village de Ravenne avait survécu à cette première attaque, mais chacun savait que ce n'était que le début.

Éric se tourna vers Emanuel, cherchant dans son regard une confirmation que le pire était passé, au moins pour cette nuit. Emanuel hocha légèrement la tête, reconnaissant leur succès.

« Vous avez réussi, » dit-il doucement. « Mais gardez à l'esprit que la véritable épreuve est encore à venir. Ce soir, vous avez montré à ces forces que Ravenne ne se soumettra pas facilement. Elles reviendront, et elles seront plus fortes. »

Éric acquiesça, sentant le poids de la responsabilité sur ses épaules. « Alors nous serons prêts. Peu importe ce qui arrive, nous protégerons ce village. »

Emanuel sourit faiblement. « Je n'en attendais pas moins de vous. Reposez-vous, Gardiens de Ravenne. Vous aurez besoin de toutes vos forces pour ce qui est à venir. »

PARTIE 4 : LE SACIFICE FINAL

Chapitre 1 : Les Révélations d'Emanuel

Mercredi matin, 09h00, Village de Ravenne.

Le lendemain matin, le village de Ravenne s'éveilla sous un ciel dégagé, mais l'atmosphère restait lourde, chargée de l'écho des événements de la nuit précédente. Les habitants, épuisés mais soulagés d'avoir survécu, s'occupaient des réparations nécessaires, mais chacun savait qu'une menace plus grande planait sur eux.

Éric, entouré des autres Gardiens, se tenait à l'extérieur de sa maison, contemplant les dégâts causés par la tempête. Les arbres déracinés et les toits endommagés témoignaient de la violence de l'assaut. Mais ce n'était rien comparé à ce que lui et ses amis avaient affronté dans la salle commune.

Emanuel, toujours présent parmi eux, semblait étrangement calme, observant les efforts des villageois sans dire un mot. Son silence intriguait Éric , qui savait que l'étranger détenait des informations cruciales sur ce qui les attendait.

« Emanuel, » dit Éric en se tournant vers lui, « hier soir, tu as mentionné que la véritable épreuve était encore à venir. De quoi s'agit-il exactement ? Nous devons savoir à quoi nous attendre. »

Emanuel fixa Éric avec ses yeux perçants, comme s'il pesait chaque mot qu'il allait dire. « Ce que vous avez affronté hier n'était qu'un prélude, une manière pour les forces obscures de tester vos défenses. Elles voulaient savoir si vous étiez prêts, si vous aviez la force de résister. Vous avez réussi à les repousser, mais cela ne les a pas dissuadées. Elles vont revenir, plus déterminées et plus puissantes. »

Céleste, debout à côté de Éric, fronça les sourcils. « Mais pourquoi nous ? Pourquoi ce village en particulier ? »

Emanuel soupira, et pour la première fois, il sembla véritablement las. « Ravenne est un lieu ancien, bien plus ancien que ce que les archives pourraient suggérer. Il y a des siècles, une grande bataille s'est déroulée ici entre les forces de la lumière et celles des ténèbres. Les habitants de Ravenne, à l'époque, étaient les gardiens de puissants artefacts, des objets qui renfermaient des énergies capables de sceller ces forces pour l'éternité. »

Il fit une pause, laissant ses paroles résonner dans l'esprit des Gardiens. « La pierre que vous avez scellée hier est l'un de ces artefacts. Mais il y en a d'autres, dispersés à travers le village et ses environs. Les forces des ténèbres savent cela, et elles sont déterminées à s'en emparer. Si elles y parviennent, elles pourront libérer des puissances d'un autre monde, et rien ne pourra les arrêter. »

Éric sentit un frisson glacé parcourir son échine. « Donc, non seulement nous devons protéger ce village, mais nous devons aussi retrouver ces artefacts avant qu'ils ne tombent entre de mauvaises mains ? »

Emanuel acquiesça lentement. « C'est exactement cela. Ces artefacts sont la clé. Si vous les réunissez et les protégez, vous pourrez peut-être repousser les ténèbres pour de bon. Mais ce ne sera pas facile. Chaque artefact est gardé par des épreuves, des pièges, et des illusions destinées à éloigner les intrus. »

LE VILLAGE DES OMBRES

Mercredi après-midi, 15h00, La Première Quête.

Après avoir longuement discuté de leur stratégie, les Gardiens décidèrent de se mettre en quête du premier artefact. Emanuel leur révéla qu'il se trouvait dans une ancienne grotte au nord du village, un endroit réputé pour être maudit par les habitants de Ravenne.

« Cette grotte est un lieu de pouvoir, » expliqua Emanuel. « Les anciens y ont caché un artefact, mais ils l'ont entouré d'une série de tests. Seuls ceux qui possèdent un cœur pur et une volonté de fer peuvent espérer le récupérer. »

Éric , Céleste, Étienne, et deux autres Gardiens, Nadège et Arnaud, se préparèrent pour l'expédition. Ils rassemblèrent leurs armes et provisions, sachant qu'ils ne devaient pas sous-estimer la difficulté de cette mission. Emanuel leur donna une dernière recommandation avant leur départ.

« Souvenez-vous, » dit-il avec gravité, « ce que vous affrontez n'est pas seulement physique. La grotte jouera avec vos esprits, vos peurs les plus profondes. Vous devrez vous soutenir les uns les autres, ne jamais douter, et rester concentrés sur votre objectif. »

Les Gardiens acquiescèrent, prêts à affronter ce nouveau défi. Ils quittèrent le village sous les regards inquiets des habitants, leurs silhouettes se découpant sur l'horizon alors qu'ils s'enfonçaient dans la forêt.

Mercredi soir, 19h00, L'Entrée dans la Grotte.

Après plusieurs heures de marche à travers une forêt dense et sombre, les Gardiens arrivèrent enfin à l'entrée de la grotte. Le vent soufflait plus fort à cet endroit, comme si la nature elle-même essayait de les avertir du danger qui les attendait à l'intérieur.

La grotte, entourée de vieux arbres tordus, semblait émettre une aura inquiétante. Des bruits étranges résonnaient de l'intérieur, des chuchotements à peine audibles qui semblaient appeler les Gardiens par leur nom. Nadège frissonna, mais elle se tint droite, résolue à ne pas laisser la peur prendre le dessus.

Éric fit signe à ses amis de rester près les uns des autres alors qu'ils entraient dans la grotte. La lumière de leurs torches dansait sur les parois irrégulières, révélant des gravures anciennes représentant des scènes de bataille entre des créatures mythiques et des guerriers humains.

Plus ils s'enfonçaient dans la grotte, plus l'atmosphère devenait oppressante. Le silence était total, hormis les bruits de leurs pas et les échos des gouttes d'eau tombant du plafond. Mais bientôt, des murmures commencèrent à se faire entendre, comme si la grotte elle-même tentait de communiquer avec eux.

« Restez concentrés, » murmura Éric, sentant l'anxiété croissante de ses amis. « Ce sont juste des illusions. Ne laissez pas vos esprits être troublés. »

Cependant, les murmures devinrent plus insistants, plus personnels. Chacun des Gardiens entendit des voix familières, des souvenirs douloureux qui ressurgirent, essayant de les déstabiliser. Céleste ferma les yeux, se concentrant sur sa respiration pour ne pas céder à la panique.

Alors qu'ils s'avançaient plus profondément, ils arrivèrent devant une large porte en pierre ornée de symboles anciens. Emanuel les avait avertis de l'existence de cette porte, un sceau qui protégeait l'artefact caché à l'intérieur.

« Nous devons trouver un moyen d'ouvrir cette porte, » dit Étienne en examinant les symboles. « Il doit y avoir une sorte d'énigme à résoudre. »

Éric, en tant que leader, prit les devants. Il s'approcha de la porte, essayant de déchiffrer les inscriptions. Les symboles semblaient changer sous ses yeux, formant des mots dans une langue ancienne qu'il ne comprenait pas totalement, mais dont il saisissait l'essence.

« Ça parle de choix, » dit-il à voix haute. « De sacrifice et de vérité. Pour ouvrir cette porte, il faut que l'un de nous fasse face à une vérité cachée, quelque chose que nous avons tous essayé d'oublier. »

Un silence pesant tomba sur le groupe. Chacun savait qu'ils allaient devoir affronter des parts d'eux-mêmes qu'ils préféraient garder enfouies. Mais il n'y avait pas d'autre choix.

Chapitre 2 : Le Sacrifice du Cœur

Jeudi matin, 07h00, Grotte des Ancêtres.

Devant la porte en pierre ornée de symboles anciens, l'air était chargé d'une tension palpable. Les Gardiens se tenaient immobiles, absorbés par le défi monumental qui les attendait. Éric, toujours en première ligne, sentit le poids de la responsabilité peser lourdement sur ses épaules. Pour ouvrir cette porte, il fallait faire face à une vérité cachée, et il savait que ce serait loin d'être simple.

Étienne fit un pas en avant, regardant tour à tour ses compagnons. « Si c'est une question de sacrifice, je suis prêt à m'en charger. Peut-être que... »

Mais Éric l'interrompit doucement. « Non, Étienne. Ce n'est pas une question de qui est prêt, mais de qui doit le faire. Cette porte ne s'ouvrira que si celui ou celle qui porte le plus lourd des secrets se dévoile. Et je pense que c'est à moi de le faire. »

Les autres Gardiens le regardèrent, surpris. Éric avait toujours été celui qui portait le groupe, le leader fort et stable. Mais ils ne connaissaient pas toute son histoire, les luttes intérieures qu'il avait enfouies profondément en lui.

Éric s'approcha de la porte, et alors qu'il touchait les symboles gravés, ils commencèrent à briller d'une lueur douce et dorée. Une voix douce, presque inaudible, résonna dans son esprit, lui murmurant des vérités qu'il avait longtemps tenté de fuir.

« Pour ouvrir cette porte, » murmura la voix, « tu dois faire face à ton plus grand regret, celui qui hante tes rêves et guide tes pas dans l'obscurité. »

Éric ferma les yeux, laissant les souvenirs l'envahir. Il se revit, des années auparavant, dans une situation où il avait dû faire un choix impossible. Un choix qui avait coûté la vie à une personne qu'il aimait profondément. Il avait toujours caché cette douleur, même à ses amis les plus proches, mais maintenant, il savait qu'il devait la confronter.

« Je suis désolé, » murmura-t-il, s'adressant à cette image du passé, à ce fantôme qui n'avait jamais cessé de le suivre. « Je n'ai jamais voulu que ça se termine ainsi. »

La lumière autour des symboles devint plus intense, et la porte émit un craquement sourd avant de s'ouvrir lentement, révélant un passage sombre et étroit.

« Éric ... » commença Céleste, mais il la coupa doucement.

« C'est bon, Céleste. Je devais le faire. Nous devons aller de l'avant maintenant. »

Jeudi matin, 08h00, La Chambre des Épreuves.

Le groupe s'avança prudemment dans le passage. La grotte s'ouvrit sur une vaste salle illuminée par des torches anciennes, dont la lumière révélait une série d'inscriptions et de statues en pierre. Au centre de la pièce, un piédestal en marbre blanc portait un coffret d'une simplicité trompeuse, marqué du même symbole que celui sur la porte.

« Voilà l'artefact, » murmura Étienne en s'approchant, mais Emanuel l'avait averti que la route jusqu'à lui serait semée d'embûches.

C'est alors qu'une voix grave, venue de nulle part, résonna dans la salle. « Celui qui désire cet artefact doit prouver sa valeur en triomphant des épreuves qui protègent ce lieu sacré. »

Soudain, la salle se transforma. Les murs se mirent à bouger, des statues prirent vie, et les torches vacillèrent, jetant des ombres menaçantes. La première épreuve avait commencé.

Des spectres surgirent des ombres, leurs yeux brûlant d'une lueur malveillante. Ils se jetèrent sur les Gardiens, les forçant à utiliser toutes leurs compétences pour les repousser. Nadège et Arnaud unirent leurs forces pour protéger le groupe, tandis que Céleste utilisait sa magie pour contenir les assauts.

Mais ce n'était que le début. La salle se mit à trembler, et le sol sous leurs pieds se déroba, révélant un gouffre sans fond. Un pont de pierre apparut, mais il était en ruine, ses dalles suspendues au-dessus de l'abîme.

« On dirait que cette épreuve est une question de confiance, » dit Éric en regardant le pont branlant. « Nous devons traverser ensemble, sans laisser nos peurs nous paralyser. »

Un par un, les Gardiens s'aventurèrent sur le pont, luttant contre le vertige et les illusions qui tentaient de les faire tomber. Chaque pas était une épreuve de volonté, mais ils avancèrent, se soutenant mutuellement.

En atteignant l'autre côté, le pont s'effondra derrière eux, coupant toute possibilité de retour. Mais ils étaient maintenant proches du but. Le coffret était à portée de main, mais une dernière épreuve les attendait.

Jeudi matin, 09h30, La Révélation de l'Âme.

Le coffret, posé sur le piédestal, émettait une douce lumière. Mais lorsqu'ils s'en approchèrent, une barrière invisible les repoussa. La voix grave résonna de nouveau.

« Pour accéder à l'artefact, vous devez montrer votre véritable nature, celle qui réside au plus profond de votre âme. »

Éric comprit alors. Cette dernière épreuve n'était pas une question de force ou de stratégie, mais de vérité intérieure. Il s'avança, la main tendue vers le coffret, et parla d'une voix claire.

« Nous sommes les Gardiens de Ravenne. Nous portons en nous la lumière de nos ancêtres, et nous ne cherchons pas le pouvoir, mais la protection de ce monde. Nous acceptons nos faiblesses et nos erreurs, mais nous croyons en notre capacité à faire le bien. C'est avec cette conviction que nous demandons à être dignes de cet artefact. »

Un silence profond suivit ses paroles, puis la barrière s'effaça. Le coffret s'ouvrit doucement, révélant une pierre d'un bleu éclatant, pulsant d'une énergie pure et ancienne.

Céleste s'avança à son tour, prenant délicatement la pierre entre ses mains. « C'est incroyable, » murmura-t-elle. « On peut sentir sa puissance. »

Emanuel les avait avertis que cet artefact était crucial pour leur mission. Maintenant qu'ils l'avaient récupéré, ils devaient le ramener au village et le protéger coûte que coûte.

Jeudi après-midi, 14h00, Retour à Ravenne.

Le voyage de retour fut moins périlleux, bien que l'atmosphère soit toujours lourde de tension. En regagnant le village, les Gardiens étaient conscients que la véritable bataille ne faisait que commencer. Les forces des ténèbres ne resteraient pas inactives en apprenant que l'artefact avait été récupéré.

Les villageois les accueillirent en héros, mais Éric et ses amis savaient qu'ils devaient rester vigilants. Ils avaient encore plusieurs artefacts à retrouver, et chaque victoire rapprochait l'ennemi de leur position.

En déposant l'artefact dans un lieu sûr, Éric se tourna vers ses compagnons. « Nous avons réussi une étape importante, mais ce n'est que le début. Nous devons nous préparer pour la suite, car ce qui nous attend sera encore plus difficile. »

Emanuel, qui les attendait au village, les observa avec un regard mystérieux. « Vous avez fait preuve de courage et de sagesse, mais la route est encore longue. D'autres épreuves vous attendent, et chaque pas vous rapprochera de la vérité ultime. »

Les Gardiens acquiescèrent, déterminés à continuer leur mission, quoi qu'il en coûte. La pierre pulsait d'une lumière rassurante, une lueur d'espoir dans l'obscurité grandissante.

Chapitre 3 : La Trahison Dévoilée

Jeudi **soir, 20h00, Village de Ravenne.**

Le crépuscule enveloppait Ravenne dans une douce lueur dorée. Les villageois, après avoir célébré la réussite des Gardiens, s'étaient retirés dans leurs demeures, laissant le village plongé dans un calme presque surnaturel. Mais au sein de la demeure des Gardiens, l'atmosphère était loin d'être paisible. Quelque chose pesait sur les cœurs, une ombre invisible qui semblait s'insinuer dans leurs esprits.

Assis autour de la grande table, les Gardiens discutaient des prochaines étapes. Céleste, tenant la pierre bleue dans ses mains, l'observait avec une fascination mêlée d'appréhension. « Nous avons récupéré cet artefact, mais nous ne savons pas encore comment l'utiliser. Nous devons déchiffrer les anciens textes pour comprendre sa véritable nature. »

Éric hocha la tête. « Emanuel a mentionné un second artefact, plus puissant encore, caché dans les montagnes du Nord. Si nous voulons renforcer nos chances contre les ténèbres, il nous faut absolument le retrouver. »

Étienne, qui avait été silencieux depuis leur retour, prit alors la parole. « Et si... et si cette pierre était en réalité une clé ? Une clé pour activer un pouvoir plus grand ? »

Le groupe se tourna vers lui, intrigué. « Une clé ? » répéta Nadège. « Que veux-tu dire ? »

Étienne sortit un vieux parchemin de son sac, qu'il avait récupéré lors de leur dernière expédition dans la bibliothèque secrète de Ravenne. « Ce document parle de deux artefacts qui, lorsqu'ils sont réunis, ouvrent un passage vers un lieu oublié, un sanctuaire de pouvoir où repose une force capable de repousser les ténèbres. »

Arnaud se redressa, l'air inquiet. « Et pourquoi ne nous en as-tu pas parlé plus tôt ? »

Un malaise s'installa, et avant qu'Étienne ne puisse répondre, la porte de la pièce s'ouvrit brusquement, laissant entrer une bourrasque froide. Emanuel, le visage sombre, se tenait sur le seuil. « Parce que la vérité que cache Étienne est bien plus complexe que cela. »

Tous se tournèrent vers Emanuel, incrédules. « Qu'insinues-tu, Emanuel ? » demanda Éric , sa voix chargée de suspicion.

Emanuel avança lentement, son regard perçant fixé sur Étienne. « Je parle de trahison. Depuis le début, quelqu'un dans ce groupe œuvre contre vous, aidant les forces des ténèbres à se rapprocher de leurs objectifs. »

Étienne recula instinctivement, mais avant qu'il ne puisse protester, Céleste s'interposa. « Emanuel, cela suffit. Étienne est l'un des nôtres, il nous a prouvé à maintes reprises qu'il est digne de confiance. »

Emanuel ignora l'interruption et poursuivit. « Le parchemin qu'Étienne détient, celui dont il vous a parlé, contient des informations fausses, des informations insérées par l'ennemi pour vous induire en erreur. Ils savaient que vous le trouveriez et qu'Étienne serait celui qui vous mènerait sur la mauvaise voie. »

Les Gardiens se regardèrent, pris entre le doute et la loyauté. Étienne semblait sincère, mais Emanuel avait toujours été leur guide dans l'ombre, un sage aux conseils avisés.

« Je ne vous ai jamais trahis ! » s'écria Étienne, ses yeux brûlant de colère et de douleur. « Je ne savais pas que le parchemin était falsifié. J'essayais juste de nous aider à trouver une solution. »

Éric fixa Étienne, ses pensées tourbillonnant dans sa tête. « Peut-être ne le savais-tu pas consciemment, Étienne, mais cela ne change rien. L'ennemi est rusé, et nous devons rester unis si nous voulons triompher. Mais il est possible que quelqu'un ait profité de ton désir de bien faire. »

Étienne baissa la tête, écrasé par le poids des accusations, bien qu'il n'ait aucune intention de nuire au groupe. « Je ne voulais que le meilleur pour nous tous... »

Emanuel fit un pas en avant. « Nous devons être certains de la vérité. Étienne, si tu es sincère, tu nous aideras à découvrir qui tire les ficelles. »

Le silence retomba, lourd et oppressant. Finalement, Étienne hocha la tête, résigné. « Je vous prouverai que je suis fidèle à notre cause. Je trouverai celui qui nous a trahis, et je ferai tout pour racheter mes erreurs. »

Les Gardiens, bien que toujours méfiants, acceptèrent ses paroles. Mais une fissure s'était créée, une méfiance subtile mais omniprésente qui pourrait bien les mener à leur perte s'ils n'y prenaient garde.

Vendredi matin, 06h00, L'aube d'une nouvelle quête.

Le groupe se prépara pour la prochaine expédition, conscient que le temps jouait contre eux. Avec la menace des ténèbres grandissante et l'incertitude quant à la loyauté de chacun, leur mission devenait de plus en plus périlleuse.

Céleste rangea l'artefact dans une pochette en cuir, s'assurant qu'il était bien protégé. « Nous devons rester unis, quoi qu'il arrive. C'est la seule manière de réussir. »

Éric prit la tête du groupe, sa détermination renforcée par les événements de la veille. « La prochaine destination est la montagne du Nord. Que chacun reste vigilant. Nous ne savons pas encore qui est notre véritable ennemi. »

Alors qu'ils quittaient le village, Emanuel resta en arrière, les observant partir avec un regard pensif. « La vérité éclatera tôt ou tard, » murmura-t-il pour lui-même. « Et quand ce sera le cas, seul le courage du cœur pourra faire la différence. »

Leurs silhouettes disparurent dans l'épais brouillard du matin, s'avançant vers l'inconnu avec l'espoir ténu de découvrir la vérité avant qu'il ne soit trop tard.

Chapitre 4 : La Vérité dans les Ombres

Vendredi matin, 10h00, Forêt de l'Oubli.

La forêt de l'Oubli portait bien son nom. Denses, ses arbres s'étendaient à perte de vue, leurs branches se tordant comme des griffes cherchant à attraper quiconque oserait s'aventurer sous leur ombre. Les Gardiens avançaient prudemment, leurs pas étouffés par le tapis de feuilles mortes qui couvrait le sol. Un silence pesant régnait, seulement rompu par le craquement des branches et les murmures du vent.

Étienne, marchant en queue de groupe, ne pouvait s'empêcher de ressentir la distance qui s'était creusée entre lui et les autres. Bien qu'ils aient décidé de continuer ensemble, il savait que le doute planait toujours au-dessus de lui. Les regards furtifs que lui lançaient ses compagnons étaient autant de piqûres rappelant la méfiance qui s'était installée. Il se promit de regagner leur confiance, coûte que coûte.

Éric, en tête, s'arrêta soudainement, levant la main pour signaler aux autres de s'immobiliser. « Il y a quelque chose... là-bas, » chuchota-t-il en pointant du doigt une clairière à peine visible à travers les arbres.

Céleste se rapprocha de lui, plissant les yeux pour mieux voir. « On dirait une vieille ruine... Peut-être un ancien temple. »

Emanuel, qui avançait silencieusement en arrière-plan, hocha la tête. « Nous sommes sur la bonne voie. Les montagnes du Nord sont encore loin, mais cette clairière pourrait nous fournir des indices sur ce qui nous attend. »

Ils s'avancèrent prudemment vers la clairière, découvrant peu à peu les contours d'un ancien temple en ruines, envahi par la végétation. Des colonnes de pierre brisées et des statues rongées par le temps gisaient çà et là, évoquant la grandeur passée d'un lieu désormais oublié.

En s'approchant, une étrange énergie se fit sentir. L'air semblait vibrer autour d'eux, et chaque pas résonnait comme un écho lointain, amplifiant leur propre présence.

« C'est ici, » murmura Céleste en s'arrêtant devant une stèle en pierre, à moitié enfouie sous la mousse. Elle posa la main dessus, sentant une chaleur familière émaner du rocher. « Ce lieu a été témoin d'un grand pouvoir autrefois, mais il semble qu'il en reste encore des traces. »

Nadège inspecta les alentours, son regard méfiant. « On ne devrait pas rester ici trop longtemps. Si nous avons senti ce pouvoir, il est possible que d'autres l'aient senti aussi. »

Éric acquiesça, mais avant qu'ils ne puissent repartir, le sol sous leurs pieds trembla violemment. Les ruines, comme réveillées par une force invisible, se mirent à briller d'une lumière fantomatique.

Des ombres surgirent des pierres, prenant la forme d'êtres humanoïdes, leurs yeux vides fixant les Gardiens avec une intensité déconcertante. Les ombres semblaient surgir des murs, du sol, et même des statues, comme si elles attendaient leur arrivée depuis des siècles.

« Nous devons partir, maintenant ! » cria Arnaud, dégainant son arme.

Mais les ombres bloquaient leur chemin, formant un cercle de plus en plus serré autour d'eux. Emanuel, qui restait d'ordinaire en retrait, s'avança brusquement. « Ne craignez pas ces ombres. Elles sont les gardiennes de ce lieu, des âmes perdues qui n'ont pas trouvé le repos. »

Les ombres ne semblaient pas hostiles, mais leurs murmures se firent plus insistants, comme si elles tentaient de communiquer. Céleste, avec sa sensibilité magique, capta une partie de leur message.

« Elles veulent... la vérité, » dit-elle en fermant les yeux, cherchant à comprendre les paroles qui se perdaient dans le vent. « Elles attendent la réponse à une question que seul quelqu'un ici peut donner. »

Étienne, se sentant étrangement attiré par l'une des ombres, s'avança malgré les mises en garde de ses compagnons. « Je... je comprends. » Ses yeux se voilèrent d'une tristesse profonde. « Elles veulent savoir pourquoi... Pourquoi ai-je fait confiance à quelqu'un que je ne connaissais pas, qui m'a conduit à vous trahir. »

Les ombres semblaient se calmer, se concentrant sur Étienne, comme si elles cherchaient à sonder son âme. Étienne serra les poings, rassemblant son courage. « J'ai été aveuglé par l'espoir de sauver ce monde, par la promesse de pouvoir, et j'ai ignoré les signes avant-coureurs. Mais je ne suis pas un traître. J'ai été trompé, tout comme vous. »

Un long silence suivit ses paroles. Les ombres semblèrent hésiter, puis, lentement, elles commencèrent à se dissiper, leurs murmures s'apaisant peu à peu.

« Ils te croient, » murmura Emanuel, qui observait la scène avec une expression indéchiffrable. « Et moi aussi. Mais sache que cette erreur aura un prix. Tu devras prouver ta loyauté dans les épreuves à venir. »

Étienne hocha la tête, reconnaissant, mais résolu. « Je suis prêt. Je ferai tout pour racheter ma faute. »

Les ombres avaient disparu, mais leur passage avait laissé une trace indélébile dans l'esprit des Gardiens. Ce qu'ils venaient de vivre leur rappelait que chaque choix, chaque action, avait des conséquences, parfois bien au-delà de ce qu'ils pouvaient imaginer.

Vendredi après-midi, 15h00, Le Sentier Caché.

Après avoir quitté les ruines, les Gardiens retrouvèrent un sentier à peine visible, caché par la végétation dense. Ils savaient que ce chemin les mènerait vers les montagnes du Nord, où se trouvait le second artefact. Mais l'épreuve des ombres avait laissé des traces. Un silence pesant régnait parmi eux, chacun étant perdu dans ses pensées.

Céleste marchait à côté de Éric, cherchant à briser le silence. « Nous devons rester soudés, quoi qu'il arrive. Les épreuves à venir seront encore plus difficiles. »

Éric acquiesça, mais son esprit restait préoccupé. « Nous avons traversé beaucoup de choses, Céleste. Mais je crains que le pire soit encore à venir. L'ennemi sait maintenant que nous avons le premier artefact. Ils ne reculeront devant rien pour nous arrêter. »

Emanuel, marchant un peu en retrait, entendit leurs paroles. « Vous avez raison de vous méfier. Mais souvenez-vous, ce n'est pas seulement par la force que nous triompherons. La vérité, la confiance, et le courage seront nos meilleures armes. »

LE VILLAGE DES OMBRES

Alors qu'ils s'engageaient plus profondément dans la forêt, un sentiment étrange s'empara d'eux. Le sentier semblait se rétrécir, et la lumière du jour faiblissait. Un murmure indistinct, comme un souffle dans le vent, semblait les suivre, à peine audible, mais suffisamment pour leur rappeler que les ombres de leur passé n'étaient jamais très loin.

Chapitre 5 : L'Éveil du Pouvoir

Samedi matin, 05h00, Contreforts des Montagnes du Nord.

Les montagnes du Nord se dressaient majestueusement devant les Gardiens, leurs sommets enneigés scintillant sous la lumière naissante. Le voyage avait été long et éprouvant, mais l'arrivée à destination leur donnait un nouvel élan. La tension était palpable ; ils savaient que cette dernière étape serait décisive.

Éric, le regard rivé sur les pics imposants, sentit une étrange énergie émaner des montagnes. « Nous sommes proches. Le deuxième artefact doit se trouver quelque part dans ces montagnes. »

Emanuel, qui marchait à ses côtés, acquiesça. « Le lieu que nous cherchons est protégé par une ancienne magie, une magie que peu d'hommes ont osé défier. Seuls ceux qui en sont dignes pourront l'atteindre. »

Les Gardiens continuèrent leur ascension en silence, chacun concentré sur sa mission. Étienne, bien que toujours marqué par les événements passés, était résolu à se racheter. Il sentait une lourde responsabilité peser sur ses épaules. Céleste marchait près de lui, lui offrant son soutien silencieux, tandis qu'Arnaud et Nadège fermaient la marche, surveillant les environs avec vigilance.

Samedi après-midi, 14h00, La Vallée Cachée.

LE VILLAGE DES OMBRES

Après des heures d'escalade et de lutte contre les éléments, ils atteignirent une vallée cachée, entourée de parois rocheuses abruptes. Le sol de la vallée était recouvert d'une fine couche de neige, et un silence inquiétant régnait. Au centre de la vallée se dressait un autel de pierre ancienne, entouré de symboles gravés dans la roche, illuminés par une lueur bleutée.

« C'est ici, » déclara Emanuel en avançant vers l'autel. « Le second artefact repose au cœur de cet autel. Mais pour le libérer, il faut accomplir le rituel de l'Éveil. »

Éric s'avança à son tour. « Comment faisons-nous cela ? »

Emanuel tendit la main vers l'autel, révélant une petite encoche en forme de demi-lune. « L'artefact que nous avons trouvé à Ravenne est la clé. En l'insérant ici, nous pourrons activer le rituel et révéler le second artefact. »

Céleste sortit l'artefact de sa sacoche et s'approcha de l'encoche. Elle sentit une chaleur intense émaner de l'autel alors qu'elle approchait la pierre bleue de l'ouverture. « Prêtez-moi tous votre énergie, » dit-elle en fermant les yeux pour se concentrer.

Les Gardiens se tinrent autour d'elle, tendant leurs mains vers l'autel. Ils laissèrent leur énergie s'écouler dans la pierre, ressentant l'étrange lien qui se tissait entre eux et l'autel. Lorsque la pierre entra en contact avec l'encoche, un flash de lumière intense les aveugla.

L'autel se mit à vibrer, et une colonne de lumière émergea de son centre, montant vers le ciel. Les symboles gravés sur la pierre s'illuminèrent davantage, et l'air autour d'eux sembla crépiter d'énergie pure. Au milieu de cette lumière, une forme apparut lentement, flottant dans les airs au-dessus de l'autel.

Il s'agissait d'un artefact en forme de sphère, brillant d'une lumière dorée, ses contours changeant constamment comme s'il était fait d'énergie pure. Céleste tendit la main pour le saisir, mais l'artefact se mit à réagir, émettant un éclat encore plus puissant qui la repoussa.

« Attention ! » cria Éric en la rattrapant de justesse.

Emanuel fronça les sourcils. « L'artefact teste nos intentions. Il ne se laissera prendre que si nous prouvons notre pureté d'âme et notre détermination à l'utiliser pour le bien. »

Étienne, se sentant responsable de la réussite de cette mission, s'avança. « Permettez-moi d'essayer. Je dois me racheter. »

Les autres Gardiens échangèrent des regards inquiets, mais ils savaient que refuser pourrait rompre le lien de confiance fragile qui s'était reformé. Étienne ferma les yeux, cherchant à faire le vide dans son esprit, puis tendit lentement la main vers l'artefact.

Il sentit immédiatement une résistance, une force qui testait sa volonté. Mais cette fois, il était prêt. Il se concentra sur ses motivations, sur son désir de protéger le monde, de corriger ses erreurs passées, et de retrouver la confiance de ses amis. Lentement, la résistance diminua, et l'artefact cessa de briller aussi intensément. Étienne put enfin refermer ses doigts autour de la sphère dorée.

Un éclat doré envahit la vallée, mais cette fois, il était apaisant, comme un soleil naissant après une nuit sans fin. Les symboles sur l'autel s'éteignirent, et l'artefact se stabilisa dans les mains d'Étienne. Lorsqu'il rouvrit les yeux, il ressentit une connexion profonde avec le pouvoir qu'il venait d'éveiller.

Céleste sourit, rassurée. « Tu as réussi, Étienne. Tu as prouvé ta valeur. »

Emanuel s'inclina respectueusement. « Nous avons maintenant les deux artefacts. Ensemble, ils détiennent la clé pour repousser les ténèbres qui menacent notre monde. »

Samedi soir, 20h00, Retour à la lumière.

Le retour à Ravenne fut rapide, comme si le pouvoir des artefacts les guidait à travers les terres glacées. Une fois de retour au village, les Gardiens furent accueillis en héros. Mais ils savaient que leur tâche n'était pas terminée. Avec les deux artefacts en leur possession, ils devaient maintenant se préparer pour la bataille finale contre les forces des ténèbres.

Dans le grand hall, où les villageois s'étaient rassemblés pour les accueillir, Éric prit la parole. « Nous avons traversé des épreuves difficiles, mais nous sommes plus forts que jamais. Avec ces artefacts, nous avons une chance de vaincre l'ennemi une fois pour toutes. »

Les villageois, inspirés par leur courage, acclamèrent les Gardiens. Céleste prit la main d'Étienne, lui adressant un sourire chaleureux. « Ensemble, nous pouvons y arriver. Le sacrifice de Ashley n'aura pas été vain. »

Emanuel, malgré le sourire sur ses lèvres, avait un regard empreint de gravité. Il savait que le véritable combat était encore à venir, un combat qui mettrait à l'épreuve tout ce qu'ils avaient appris et tout ce qu'ils étaient devenus.

Dimanche matin, 08h00, Le dernier rassemblement.

Le jour de la bataille finale approchait. Les Gardiens se rassemblèrent pour un dernier conseil, préparant les stratégies et fortifiant leurs esprits pour ce qui allait suivre. L'ennemi, informé de la récupération des deux artefacts, se rapprochait inexorablement, prêt à tout pour les détruire.

Emanuel se tourna vers le groupe, ses yeux brillants de détermination. « Ce sera notre plus grand défi, mais aussi notre plus grande victoire. Souvenez-vous que, quel que soit l'issue, nous combattons pour ce qui est juste. Ensemble, nous sommes invincibles. »

Les Gardiens, maintenant plus unis que jamais, s'apprêtèrent à faire face aux ténèbres. La lumière de l'aube perçait à travers les fenêtres, comme un symbole d'espoir pour le jour à venir. Dans leurs cœurs, ils savaient qu'ils avaient le pouvoir de changer le destin de leur monde.

Chapitre 6 : La Dernière Bataille

Lundi matin, 06h00, Champs de Valnor.

Les premières lueurs de l'aube illuminaient le champ de bataille de Valnor, une vaste étendue plate entourée de collines. Les Gardiens se tenaient prêts, leurs visages graves, mais résolus. Ils savaient que c'était ici que tout se jouerait. Leurs forces, unies à celles des villages environnants, attendaient l'assaut des armées des ténèbres, qui se profilaient à l'horizon comme une mer noire et menaçante.

Éric, tenant fermement l'épée d'Éclat dans sa main, se tourna vers ses compagnons. « C'est maintenant ou jamais. Nous devons repousser l'ennemi ici, ou tout ce pour quoi nous avons combattu sera perdu. »

Emanuel, à ses côtés, leva la main, invoquant une barrière protectrice autour de leurs troupes. « Rappelez-vous, c'est ensemble que nous sommes forts. Utilisez les artefacts au moment opportun, lorsque l'ennemi sera le plus vulnérable. »

Étienne, portant l'artefact doré, sentit le poids de la responsabilité sur ses épaules. Céleste, à sa droite, tenait l'artefact bleu, dont la lumière semblait pulser au rythme de son cœur. Ils étaient les clés de cette bataille, et ils le savaient.

Lundi matin, 08h00, Première vague.

Le silence fut brisé par le son des tambours de guerre des ténèbres. Les armées noires, composées de créatures cauchemardesques et de soldats déchus, avancèrent comme une vague inarrêtable. Les Gardiens ordonnèrent à leurs troupes de se préparer à l'impact.

Le premier choc fut brutal. Les deux armées s'engagèrent dans une lutte acharnée, le fracas des armes résonnant dans toute la vallée. Éric, à la tête des forces de la lumière, combattait avec une vigueur incroyable, son épée étincelant à chaque coup. Autour de lui, les Gardiens utilisaient leurs compétences pour repousser les assauts incessants.

Arnaud, utilisant sa maîtrise de l'arc, ciblait les créatures volantes qui plongeaient sur leurs rangs, tandis que Nadège, avec sa hache, brisait les lignes ennemies. Emanuel restait en retrait, concentré sur le maintien de la barrière magique qui protégeait les combattants.

Étienne et Céleste se rapprochèrent du cœur de la bataille, où se trouvait le général des ténèbres, une créature imposante aux yeux rouges et aux ailes sombres, brandissant une lame maudite.

« C'est maintenant, » cria Étienne à Céleste. « Utilisons les artefacts ensemble ! »

Lundi matin, 09h30, Le Pouvoir des Artefacts.

Les deux Gardiens levèrent leurs artefacts, leurs énergies fusionnant en une puissante vague lumineuse. L'artefact doré d'Étienne émit une lumière aveuglante, tandis que l'artefact bleu de Céleste générait une vague de froid intense, gelant tout sur son passage. Ensemble, ils dirigèrent ce pouvoir vers le général des ténèbres, espérant le neutraliser.

Le général hurla en sentant l'attaque se rapprocher, mais il réagit rapidement, brandissant sa lame maudite pour contrer le pouvoir des artefacts. L'affrontement de ces forces provoqua une onde de choc qui ébranla tout le champ de bataille, projetant combattants et créatures dans toutes les directions.

Les Gardiens résistèrent, se concentrant pour maintenir leur attaque. Étienne sentait ses forces le quitter peu à peu, mais il tenait bon, sachant que c'était leur seule chance.

Emanuel, voyant la difficulté de l'affrontement, brisa la barrière protectrice pour canaliser sa propre énergie vers les artefacts. « Prenez ma force, elle est vôtre ! »

Avec cette aide supplémentaire, le pouvoir des artefacts redoubla d'intensité. La lumière dorée et le froid glacial fusionnèrent, frappant le général des ténèbres de plein fouet. La créature hurla de douleur, son corps se fissurant sous l'effet de la magie des artefacts.

Lundi matin, 10h00, L'Éclipse des Ténèbres.

Alors que le général des ténèbres vacillait, le ciel s'assombrit soudainement, comme si une éclipse avait englouti le soleil. Une énergie noire plus puissante encore émanait du général, fusionnant avec l'obscurité environnante.

« Il ne faut pas relâcher nos efforts ! » cria Éric en se précipitant pour protéger Étienne et Céleste.

Les Gardiens, unissant leurs forces, lancèrent une dernière attaque désespérée. Étienne, épuisé mais déterminé, concentra tout ce qui lui restait dans l'artefact doré. La lumière qui en jaillit perça l'obscurité, atteignant directement le cœur du général.

Avec un cri déchirant, le général des ténèbres explosa en une multitude d'éclats noirs, qui se dissipèrent dans l'air. Le ciel se dégagea instantanément, et le soleil réapparut, baignant le champ de bataille de sa lumière bienfaisante.

Les forces des ténèbres, privées de leur chef, commencèrent à se désintégrer, leurs corps se dissolvant en poussière avant d'être emportés par le vent. Les Gardiens, épuisés mais victorieux, se rassemblèrent autour de l'endroit où le général était tombé.

Éric posa une main sur l'épaule d'Étienne. « Tu as prouvé ta valeur. Nous avons tous prouvé que l'union fait la force. »

Céleste sourit faiblement, encore sous le choc de l'intensité du combat. « Nous avons réussi. Les artefacts sont en sécurité, et le monde est sauvé. »

Emanuel, toujours grave, ajouta : « Nous avons remporté cette bataille, mais la vigilance est de mise. Le mal ne disparaît jamais complètement. Il reste des forces à surveiller, des ombres à éclairer. »

Lundi soir, 20h00, Le Retour Triomphal.

Les Gardiens retournèrent à Ravenne, accueillis en héros par les villageois. Les cloches de la victoire résonnèrent dans toute la région, célébrant la fin de la menace des ténèbres. La fête qui suivit dura toute la nuit, remplie de chants, de danses, et de récits héroïques.

Étienne, assis à l'écart du feu de camp, réfléchissait à tout ce qu'ils avaient accompli. Céleste vint s'asseoir à côté de lui. « Tu as changé, Étienne. Ce voyage nous a tous changés, mais toi plus encore. »

Étienne acquiesça, un sourire mélancolique sur les lèvres. « J'ai appris que même les erreurs peuvent nous rendre plus forts, si on sait en tirer les leçons. Je me sens enfin en paix avec moi-même. »

Éric et Emanuel les rejoignirent, levant leurs verres en signe de célébration. « À la victoire ! » dit Éric en souriant. « Et à l'avenir que nous avons su préserver. »

Les Gardiens, désormais liés par des expériences communes, savaient que même si leur mission immédiate était terminée, d'autres aventures les attendaient. Mais pour l'instant, ils se permettaient de savourer leur triomphe, conscients qu'ils avaient accompli l'impossible.

Lundi minuit, 00h00, Lueur d'Espoir.

Alors que la nuit tombait, une étoile filante traversa le ciel au-dessus de Ravenne, symbolisant l'espoir d'un avenir meilleur. Les Gardiens, veillant sur ce monde avec une nouvelle détermination, étaient prêts à faire face à tout ce que l'avenir leur réserverait.

Ils avaient vaincu les ténèbres, et tant qu'ils resteraient unis, aucune ombre ne pourrait les séparer.

Chapitre 7 : Un Nouveau Commencement

Six mois après la Bataille de Valnor.

Le soleil brillait haut dans le ciel, réchauffant la vallée verdoyante qui s'étendait sous les pieds des Gardiens. Le monde avait changé depuis la défaite du général des ténèbres. La paix, fragile mais précieuse, s'était installée à Ravenne et dans les contrées environnantes.

Éric se tenait sur une colline surplombant le village, son regard plongé dans l'horizon. À ses côtés, Étienne observait le paysage, un sourire serein sur le visage. « Tout semble plus calme maintenant, » dit-il, brisant le silence.

Éric hocha la tête. « La paix est une chose rare. Nous avons payé cher pour l'obtenir. » Il se tourna vers Étienne, un sourire adoucissant ses traits. « Tu as fait beaucoup de chemin depuis que nous nous sommes rencontrés. »

Étienne acquiesça. « Et ce chemin n'est pas terminé. Je sais qu'il reste encore beaucoup à faire, mais je me sens prêt à affronter tout ce qui viendra. »

En bas, dans le village, les préparatifs pour la grande fête annuelle battaient leur plein. Les habitants de Ravenne célébraient non seulement leur liberté retrouvée, mais aussi la fin des ténèbres qui avaient menacé leur existence. Les rires et les chants montaient jusqu'à la colline, portés par une brise légère.

Céleste rejoignit les deux hommes, un panier de fleurs dans les bras. « Vous devriez venir en bas. Tout le monde vous attend pour commencer la fête. »

Éric sourit. « Allons-y. »

Alors qu'ils descendaient vers le village, Arnaud et Nadège les accueillirent, des sourires radieux sur leurs visages. « La vie a repris ici, » dit Arnaud. « Et c'est grâce à nous tous. »

Nadège, toujours aussi pragmatique, ajouta : « Mais nous devons rester vigilants. Le monde peut être imprévisible, et nous devons être prêts à défendre ce que nous avons construit. »

Emanuel, qui arrivait derrière eux, hocha la tête. « Tant que nous resterons unis, aucune force ne pourra nous séparer. »

La fête qui suivit fut joyeuse et remplie de moments de bonheur simple. Les Gardiens étaient enfin en paix, mais ils savaient que leur mission ne s'arrêtait pas là. Ils avaient appris que la vraie force résidait dans l'unité, dans le lien qui les unissait.

Alors que la nuit tombait et que les étoiles apparaissaient une à une dans le ciel, Éric prit la parole devant la communauté rassemblée. « Nous avons vaincu les ténèbres ensemble, et nous avons prouvé que rien n'est impossible quand nous sommes unis. Mais rappelez-vous que le véritable combat, celui pour maintenir la paix, ne fait que commencer. »

Les Gardiens échangèrent un regard complice. Ils avaient traversé bien des épreuves, mais leur lien était plus fort que jamais. Et alors que les étoiles filantes traversaient le ciel, ils savaient qu'un nouvel avenir les attendait, un avenir où l'espoir serait leur guide.

Don't miss out!

Visit the website below and you can sign up to receive emails whenever Tidiane Cisse publishes a new book. There's no charge and no obligation.

https://books2read.com/r/B-A-QZVWB-ILZVE

BOOKS2READ

Connecting independent readers to independent writers.